开往梦草坊的列车

常新港 ◆ 著

目录 Contents

好凉好凉的花　　　　　　／001

表弟来家里度周末　　　　／017

秦子悦身上的味道　　　　／029

别动那根草！　　　　　　／043

挂坠是个草编的小笼　　　／055

签名笔　　　　　　　　　／067

他把大熊送走了　　　　　／077

最后一张票　　　　　　　／087

消失的小店　　　　　　　／099

天地蛛	/ 111
梦草坊	/ 125
饿了的滋味	/ 137
漂　流	/ 153
你是谁？	/ 171
玫瑰勇士	/ 183
寻找小黑	/ 199
梦草坊的极地	/ 213
世界上的陌生人	/ 225

好凉好凉的花

她没见过他。

陌生男孩的眼里,像躲进了胆怯的星星。他对她说:"你知道吗?有一辆去梦草坊的绿皮火车。"

女孩斜了男孩一眼:"火车?什么年代了,还绿皮的?"

"是开往梦草坊的……"

"梦草坊?跟我有什么关系?"

"你应该去的……"

"你是谁?"女孩跟男孩保持着一米的距离。

男孩失落地看着女孩。

女孩的背影让男孩感到虚幻和遥远。

男孩孤零零站在街边,头顶上的路灯一下子亮起来,像是要温暖男孩受伤的心。他手里拿着什么——一片树叶还是一根草?

他望着渐渐走远的女孩的背影喃喃自语:"我想送你的,是一张……票!"炎热的夏天,让男孩觉得冷。

但是,男孩不甘心,他冲着女孩喊了一声:"你不认识我!可我认识你!"

女孩走远了。

男孩仍旧不甘心,扯着嗓子喊:"你叫什么名字?"

女孩回头也喊了一句:"我就不告诉你我叫陶然!"

男孩的眼睛里有了笑意,里面的星星跳了起来,因为跳得太忘情,跳丢了。

女生陶然还不知道那列在夜里八点整开往梦草坊的绿皮火车时,那列火车在它的特定时间,准时开往梦草坊已经很多年了。她不知道,也情有可原。因为,她平时很少跟人交往。在大家眼中，她属于懒得说话的人。

其实，她完全可以更早知道那列绿皮火车的；梦草坊这个名字，也可以更早鲜活地走进她的大脑。但是，她自己错过了。是啊，一个人，在一生中会错过多少美好的事啊！

那个男生在她前面走，故意从身上掉落下来一张精美的卡片一样的东西，正好落在她面前，她没在意，错过了它。

它是一张车票。

那个故意丢票的男孩，叫秦子悦。

陶然梦多，经常恍惚，有时候分不清梦境和现实。最可悲的一个梦，是梦到自己变成了一个气球，被爸爸和妈妈逮住，使劲吹，吹爆了，她的身体变成碎片雪花一样落了一地。她倔强地要把自己拼凑起来，她还要做一个完整的气球……

这是陶然生命中最漫长的寒冬。她的家里，在这个冬天来了很多拨客人，有远亲，也有爸爸和妈妈的朋友。妈妈没闲着，每次都展示厨艺，做很多菜招待朋友。屋外再冷，屋内也是热气腾腾的。爸爸会从酒柜里拿出很多珍藏的白酒红酒黄酒，热情地招待他的朋友们。有的客人喝多了，会吐到地板上，吐到卫生间里，搞得很脏，味道也不佳。客人离开后，妈妈会摆出一副十足的女主人的样子，指挥着陶然和她的爸爸，让暂时纷乱的局面，归于有序和平静。但是，妈妈和爸爸还是好客。而且，每次有客人来，爸爸妈妈都有一个必备的节目，就是向众人介绍陶然。

每当这个时候，陶然觉得面对一桌子大人，自己就像是一个放在一个有轮子的小车上、被推到大家跟前的大蛋糕，头上发亮，冒着火苗。接着，自己被一把锋利的刀切开了，切成大大小小不均匀的块。有时候，自己还像是被爸爸收藏的一幅画，在桌子上徐徐展开，以便爸爸可以跟大家介绍它的年代和价值。有时候，自己就像是内心愤怒、表情保持微笑的木偶……

家里再热闹，陶然的心里还是孤寂，孤寂得就像是窗玻璃上的霜花，一个冬天都在那里静静地绽放，没有声息，没有关注它的目光，没有热度。

它是开放在冬天里的冰凉的白花。

陶然是那种越长越漂亮的女孩。她就是那朵开在玻璃上的凉凉的花。你看它，它就娇艳。你用手触摸它，它会反抗，手指上的灾难热度临近时，它会瞬间变成一滴水珠，坠落下去。

这花儿真凉啊！

那天的家庭夜宴，持续到晚上十点多钟，桌边的男人们，因为酒的力量，都脱掉了毛背心、羊绒衫，只剩下单薄的衬衣。女人们都缩在能说话的角落里，像是在密谋，准备发动一场女人的战争。

酒精的作用，让屋子里的男人和女人本性暴露，把内心撕开了一道口子，让隐蔽的血液喷射出来。这个时候的男人都口吐脏字，女人则会痛哭失声。

陶然叫他马叔的那个沉默的男人突然红着脖子红着脸开始了演讲，把角落里的女人们的注意力都吸引过来，包括躲在自己房间里的陶然。

她主动地把自己房间的门敞开一道缝，让马叔的演讲能顺利送到她耳边。

"你们想想，我们单位的领导，在微信上建了一个微信群,把他的生日发在里面。下属们就在他生日那天送礼物,各种各样的礼物。私下里关系好的同事,会商量一下要送的礼物,担心送重复了,领导不喜欢……更过分的是,领导把自己母亲的生日也发在微信群里……"马叔说到这里,客厅里像是烧热的油锅,被丢进了一块生牛肉,滋啦一声,油花四溅。陶然把自己房门敞得大一些,便于听得更清楚。"领导母亲大人的生日那天,有同事给领导送了三条三文鱼。你们猜怎么的?"马叔演讲到激动处,没等到大家解答,他直接就把答案说出来了:"领导家吃不了,把三文鱼喂猫了……"

客厅里又爆发出一片骂声,差点把陶然家的客厅炸熟了。陶然把门关死了,像是要把一股要流窜进来的恶心的臭味阻挡在门外。

陶然关门的声音太响,引起妈妈的注意,她推开陶然的门:"没事吧?……"陶然没回答,只是从书桌前站起来,走到门口,把妈妈关在门外了。

接近午夜十二点的时候,聚会终于要散了。陶然听见有人要拍合影,还说,每年都拍一张合影,一张张留下去,能从中看见大家生命中留下的痕迹。

脚步声逼近陶然的房间门口。

妈妈果然又来敲她的门："出来，跟叔叔阿姨们合张影……"

"我睡了！"陶然拒绝道。

"你睡了？"

"睡了！"

"脱衣服睡了？"

陶然穿着衣服，面对着门说："睡了！"

她听见妈妈在门外说："这么吵，还能睡觉？……"

陶然突然冲着门喊道："知道吵，为什么不散伙？"

门外沉默了。过了几秒钟，好像是妈妈的嘴巴贴到了门缝上，传出的声音被门缝过滤后又挤扁了："不照就不照，小点儿声，被别人听见了……"

陶然盯着门缝，看见妈妈爱说话的嘴巴，就像动画片里的唐老鸭的扁嘴，在缝隙里挤变了形，也要玩命钻进来。

第二天，陶然看见班主任夏小莉站在讲台上，形象有了很大的变化。她知道，是她自己心里有了变化。她把昨天夜里在家中聚餐时,马叔说的那个拿三文鱼喂猫的领导形象,跟面前的夏老师重叠起来了。

很快,陶然又用心里的一把女孩专有的锋利的刀,把两个重叠在一起的人剥离开,成功地完成了不流一滴血液的手术。

陶然不自觉地笑起来。

看见陶然突然笑了,夏老师愣了一下,问道:"陶然,我什么地方讲错了?"

陶然摇摇头。

"那你笑什么?"

陶然不说话。因为她不知道该怎么回答。

"陶然,你刚才的笑,让人很不舒服!"夏老师的表达很直接了。

陶然望着夏老师,心里想:怨不得快三十岁了,连正经的恋爱都没谈过,连学生都不喜欢你,哪里会有男人愿娶你啊?

陶然这么想着,脸上又出现了笑容。她自己根本就没有意识到从心里生出的笑意,就像爬墙草一样在脸上出现。

夏老师生气了："陶然，你没看见你自己脸上的笑吧？"

"我自己看不见！"陶然开口说话了。

这句话一出口，把夏老师呛了一下。夏老师找不到接下去的话，只能伸出一根手指，在距离陶然的鼻子尖十厘米的地方，用力点了点。

当夏老师转身走向讲台时，陶然又不知不觉笑了。她觉得夏老师刚才点她的动作像极了妈妈。她每次犯了错误，大人们都是用这样的动作警告她。

陶然有一点判断错了，那就是夏老师并不是没有谈过恋爱，那是同学之间瞎传的，其实，夏老师不但谈过恋爱，还结过一次婚，只是现在单身了。这是后来的后来，陶然她们才慢慢了解到的。夏老师和她的同事们把隐私保护得很好。但是，对于初中一年级的学生来说，她们的敏感，很容易刺透大人伪装严实的隐私。陶然手里的那把敏感的刀，要比别人锋利十倍。那样的刀，很冷。

当天下午，陶然随意做了一件事情，却伤害了女同学马婉婉。周六，是马婉婉的生日，她想找几个同学在外面一起过，就是找一个她们喜欢的地方吃一吃玩一玩。因为陶然跟马婉婉从小学到初中都是同学，可以用"老同学"来形容两人之间的关系，所以马婉婉自然向陶然发出了邀请。但是，陶然说了一句："每年都闹腾一次，你还没闹够啊！"

这话一出口，像一盆凉水，把马婉婉和几个同学都浇凉了。

"你的意思？……"马婉婉心里不高兴，还想要一个陶然的明确态度。陶然的拒绝，让马婉婉很没面子。

"闹！"陶然吐出一个字，就低头收拾课桌上的东西了。

马婉婉问旁边的人："她刚才说什么？"

董晴理解陶然话中的意思，说："她嫌闹！"

马婉婉还有点不信："陶然是这个意思？"

这时，陶然抬头替别人回答了："是这个意思！"

马婉婉嘴一噘，转身走了。

董晴瞪着陶然说："你失去她了！"

陶然连头都没抬，像是没听见董晴的话。董晴把脸凑近陶然："我说，你失去朋友马婉婉了！"

"我本来就不是她的朋友！"陶然说道。

董晴愣愣地站在那里，像是没听懂陶然的话。陶然已经收拾好自己的书包，站起身，走出教室。在走廊里，陶然听见教室里的董晴气急败坏地喊道："你也失去我了！"

有谁能想到，陶然长到这么大，她最不担心的，就是失去什么。也许，她就是这么认为的。

那天晚上，陶然的班主任夏老师还给陶然的妈妈打了一个含蓄的电话："陶然的妈妈吗？我是夏小莉……"

"夏老师？"

"陶然最近……"

"陶然怎么了？"

"她最近……这么说吧，每一个女孩的叛逆期都会来临……"夏老师的话有些吞吐，像是在寻找软和一些的食物，担心硬的东西陶然的妈妈吃了不消化。

"陶然，有什么反常的行为？……还是……"陶然妈妈紧张得说话不连贯了。

"也没有什么特别反常的地方。我只想说，老师和家长，都多费些心思关注她一下吧。"说完，夏老师把电话挂了。

陶然妈妈盯着手机,呆呆望着,像是目送夏老师的背影在手机里远去。

晚上,陶然听见爸爸和妈妈在客厅里压低声音说话,像是在说自己。她走出自己的房间,对客厅里的爸爸和妈妈说:"别压抑自己,在家里用不着鬼鬼祟祟的,大大方方说话不行吗?"

陶然发现,她说完这些不友好的话之后,爸妈没有立即反驳,只是呆呆地看着她。她加了一句:"你们为什么不说话?遇到对手了?"

妈妈和爸爸对视了一下,像是用眼神商量,谁先开口说话。

没等到爸妈开口,陶然又说道:"妈,爸,夏老师的有些话,最好别听!"

"没有……"妈妈想说夏老师没打过电话,但是,被女儿猜到了,有些慌乱,不知道该怎么解释。

第二天,陶然上学时,看见很多同学站在走廊里,都不想马上走进教室。男同学秦子悦走在她前面,刚刚推开教室的门，陶然走得快，并不在意是谁开了门，就抢先走了进去。这一幕在别人眼里，像是秦子悦在为陶然开门。

陶然一点感觉没有。因为，她长这么大，没有为别人开过门。

秦子悦只是在陶然抢先进了教室门后，愣了一下。马婉婉却站在秦子悦的身后说话了："秦子悦，你在为别人开门吗？这么小，就知道向女生献殷勤了？"

秦子悦一手扶着门，笑着说："我也为你开门！"

马婉婉进了门，回头对秦子悦说："这还差不多！"

于是，秦子悦就站在门边，扶着门，像五星大酒店大门前可爱的门童一样，让同学们一个一个走进教室。一直到夏老师看到这一幕，拍了一下他的肩膀："秦子悦，你回到座位上吧！"

那天，夏老师讲课之前，用了三分钟，讲到秦子悦扶门的行为，让大家以他为榜样。陶然说了句："谁让他为大家扶门的？我们不会自己开门吗？"

陶然的同桌是男生胡笳，他听了陶然的话，很不舒服，小声问她:"你可以不做这样的事情,你不能这样看待别人做这样的事!"

陶然在桌子底下踩了胡笳一脚:"这么多话?"

胡笳突然举起手来:"老师!……"

"什么事?"夏老师问道。

"我要换座位!"

"为什么突然要换座位?"

站起身的胡笳用手指着陶然:"我早受不了她了!"

经过一番调查取证,夏老师担心胡笳和陶然之间的矛盾升级,同意调换座位。结果,秦子悦坐在了陶然身边,成为令她匪夷所思的同桌。

"你为什么主动要求坐这里?"陶然的脖子不动,把眼睛斜过去,审问身边的秦子悦。

秦子悦说:"我担心没人愿意跟你当邻居!"

陶然把脸转向秦子悦:"什么意思?"

"同情!"

"用不着你同情!"

"那就剩下死路一条了!"

"你比胡笳讨厌！"

"那你是不了解我！"

"我为什么要了解你啊？"

"你自己都不知道，鱼也会被淹死的！"

"你说我是鱼？"

"你不傻！"

陶然真的生气了，脸上的恼怒像是红色颜料，顺着脸流下去，一直流到了课桌下。她用脚去跺秦子悦的脚，跺空了。

因为，秦子悦早有预感，把脚提前悬在了半空……

那天夜里，陶然被一个梦惊醒了。梦里，她来到一个空荡荡的火车站，看不清站牌，也不见来来往往的人群。她为什么要站在这里？要到哪里去？她不知道，又像是知道。这时，她身后有人说："给你票！……"

是男生秦子悦。他手里的票她看不清，像一片树叶，又像一片不肯融化的雪，还像一只婴儿的手。她想认真看清楚秦子悦手里的票时，醒了。

那一整天里，她都想跟人说说这个隐秘的梦。但是，她没找到能听她讲述的人。一个都没有。

表弟来家里度周末

陶然还没适应秦子悦这个新同桌,就又听说表弟晓伟要来家里过周末。

妈妈依旧兴奋地在饭桌上宣布了这个消息。陶然愣了一下,看着妈妈,问道:"他为什么要来咱家过周末?"表弟在陶然的生活里,几乎就是一个名字而已,并没有让陶然在意,陶然一点都不在意。就像是妈妈做的一道菜中,充当佐料的葱花潜伏在菜汁里,谁会留意它?现在,表弟不再仅仅是一个名字,而是一个活生生的人,要从自己的菜盘中立起来,出现在她的生活中,这让陶然心里非常不爽。

妈妈跟她的姐姐天天微信聊天,不微信聊天,这一天就不算结束。大姨光微信聊天还不"解渴",干脆领着儿子也就是陶然的表弟来家里过周末了。

陶然只记得表弟晓伟在五六岁时来过她家,见到她,闷闷地不说话,就像一只小狗站在一只不怀好意的大狗面前。大人不在时,陶然就对他说:"给你扎小辫吧!"表弟不反对,听之任之。好像他一反对,陶然就会把他撵出家门。陶然把表弟的头发当成了橡皮泥,又揉又搓,一揪一扭,在表弟的头顶上建起了三个牛犄角。表弟一照镜子,就想消灭头上的怪物,但被陶然一句话吓住了:"别动!动了就别在我家待着了!"

表弟不敢动了,但是他一直站在阳台上,躲着陶然,急切地盼着妈妈回来,快点割了自己头上的牛犄角,彻底解救自己。没想到,表弟的亲妈回家看到儿子头上高耸的牛犄角,哈哈大笑,把表弟的悲剧,变成了喜剧。从那一刻开始,表弟坚决要回自己家。陶然的大姨领着表弟走了,一走,七八年。

妈妈还在饭桌上回忆陶然表弟上次来家里时发生的事情，陶然一件都不记得。"你给晓伟头上扎犄角的事情还记得吧？"

"不记得！"陶然回答。其实，她心里记得这件事，只是不希望表弟他们来。"他们再来，还不知道会发生什么事呢！"

妈妈问："会发生什么事？"

"地震、火山喷发、咱家的楼塌了……"陶然口中的灾难像瓜子皮一样被吐出来。

"这孩子……"妈妈觉得陶然说出的话很难消化。

"妈，你能不能别往家里招人了？让家里安静安静！"

"这孩子，你大姨和你表弟只来几天。你大姨请了几天假，特地来的。算这次，她们才来过两次。等你长大了，你没有亲人吗？你跟亲人没有来往吗？……"

妈妈话说了一半，被陶然截住了："有亲人就要串门吗？"

妈妈听了，表情有些伤心："这孩子，怎么这样？她大姨和表弟只来家几天啊！她就那么烦……"

表弟晓伟还是跟着大姨如期而至。让陶然大感意外的不是长高长胖的表弟和变老的大姨，而是表弟还带来了一只像个没有追求的中年男人似的黄色肥猫。

陶然冷冷地站在客厅里，看着妈妈热情地拥抱自己的姐姐和外甥，还把那只肥猫接到怀里，用脸贴了它一下。

很明显，黄色肥猫被陶然妈妈的热情吓住了，它的头和四爪拼命用力，想要挣脱这个陌生女人的亲热。

"表姐好！"晓伟没跟陶然的爸爸和妈妈打招呼，先主动跟陶然问好。陶然瞪了他怀里的肥猫一眼，算是回应。

那天的晚餐，说话的主角是陶然妈妈和大姨。陶然只长耳朵。晓伟吃东西时，像他的猫一样无声无息。

"你们说说，我家晓伟怎么越来越像个女孩了？他个子高高的，却最怕他们班上的女生。那些女生也怪了，不敢欺负小个子男生，专捡我们家高高大大的晓伟欺负。他受了女孩的气，回家从来不说，是他的同学家长有一次跟我聊天，我才知道晓伟在学校经常受到女孩欺负……"大姨气愤地说着晓伟的委屈和遭遇时，陶然就冷笑着，一边的嘴角朝上噘着，像有根隐形的"威亚"，把一个演员扯到空中去了。

大姨看见了陶然的表情,突然顿住了,筷子悬在半空中不动:"哎呀,是不是……"

陶然妈妈脸上的表情紧张起来,问道:"你想起什么了?"

陶然看见大姨把目光落在了她的脸上:"我想,是不是……那年,我领着晓伟第一次来你们家,晓伟跟陶然待的那几天,给晓伟留下了心理阴影?……所以,我家晓伟开始害怕女生了?"

妈妈也把头转向陶然,陶然觉得别扭:这顿饭怎么就把自己吃成了"罪魁祸首"?"大姨,你的意思是,晓伟在学校怕女生,都是因为小时候我给他留下了心理阴影?"

大姨见陶然的脸色越来越冷,语气就缓和了很多:"没说你,陶然。我是说可能……"

妈妈对陶然说:"你大姨只是在家里说说,都是家里人,所以就有什么说什么,你别在意……"

陶然站起身来:"我都留给晓伟阴影了,你还带着晓伟来我们家?如果这几天,他连话都不敢说了,变成哑巴了,也是我造成的吧?"

"你看你看,大人在聊天儿,你怎么就急了?"大姨开始后悔自己口无遮拦,惹毛了陶然。

这时,一直用紧张而惊恐的眼神看着眼前的一切的晓伟,用同样紧张而惊恐的语气开口说话了:"陶然姐,我妈这样说,是她自己想说的。我可没这样想,你别生气……"

陶然听见表弟说话了,就冲着表弟去了:"不是我说你,晓伟!这么大的个子,还是个男人,度个周末还抱着一只肥猫跑来跑去,有意思吗?你不是五岁小女孩,也不是八十岁的老太太,你离不开它吗?你知道不知道我最讨厌带毛的动物?你现在抱着它吃饭,我都忍了半天了,你还好意思开口说话?你能不能别让我看见你的肥猫?看你那样子,别说你班上女生欺负你,就算一群母蚂蚁,也能把你踩在脚下……"

表弟晓伟自然不敢吭声了。大姨和妈妈在陶然的激烈训斥声中既吃惊又生气,都想发火,却发现陶然爸爸用手掌朝下压,不让她们开口说话。爸爸担心家里的气氛会瞬间爆炸。这顿饭,所有人都吃得不开心,就连晓伟怀里的那只肥猫也惊恐地瞪着陶然,它把陶然认定为最危险的人。

晚饭后,陶然一个人回自己房间了。客厅里,压抑了半天的大姨跟陶然妈妈说:"我们本来打算周二回去,现在我想明天就带着晓伟回家。"大姨的声音挺高,带着怨气,又像是故意说给待在自己房间里的陶然听。

妈妈劝道:"这么多年才来一次,又请了假,为什么提前回去?待到周二走!"

大姨说:"你是不该跟你的太后谈谈?"

"太后?"妈妈一下子没理解大姨话中的真正意思。

大姨明说:"在这个家里,你是皇后,你家陶然是皇太后!"

陶然妈妈苦笑了一下:"行啦行啦,知道你心里有火,别急!我去说她!……"

陶然在自己房间里听见了她们的对话,就把门在里面锁死了。妈妈敲不开陶然的门,就想用愤怒升级的拳头砸,又被眼疾手快的爸爸拦下了。

摆在陶然爸爸妈妈和大姨面前的现实很残酷,晓伟五六岁来陶然家时就爆发的战争,一直持续到今天。两家人的心里,满目疮痍,遍地废墟。

晓伟的那只肥猫不懂两家之间的历史,独自跳上窗台,连着叫了几声,向它的主人诉说自己的孤独。晓伟连忙过去,把它抱在怀里,安慰它,让别再发声。这个时候,不是它该叫的时候。

大姨有点悲壮地说:"我们明天回去了!"

"不能回去!"陶然妈妈大声说了一句,像是让一门之隔的陶然听得更清楚。

这时,晓伟说话了:"回去吧!"

大人们还没回应,晓伟怀里的肥猫欢快地叫了一声。它想回家了。大姨和晓伟决定走了。

晚上,陶然妈妈和大姨坐在客厅里说话,要把本来几天才能说完的话,压缩成几个小时说完。

"我家晓伟真的很面,我担心他将来……这种性格,怎么走入社会啊?他和陶然都是独生子女,也谈不来。将来我们都老了,走了,他们还能来往吗?……"大姨伤感地说着将来的日子,眼睛就湿了。陶然妈就削了苹果塞在大姨手里，想让她心情好一点儿。但是，大姨将削好的苹果放在茶几上，没吃一口。"我知道陶然从小性格……硬，也不是硬，冷……对，她的性格很冷。我想让晓伟跟陶然学学……"

陶然妈妈打断了大姨的话："让晓伟跟我家陶然学？学什么？学不懂事啊？……"说着，把茶几上的苹果拿起来，又塞到大姨手里，大姨还是把它放回到茶几上了。

"晓伟太爱学习了，我都不知道，他能背下圆周率小数点后的三百多位！我制止了他，我担心他把自己背傻了！"

"你担心一个男孩太宅了，会……"

"你说说看，一个宅男有什么出息？"大姨对自己的儿子表达失望时，儿子就站在一边，听着妈妈的埋怨。陶然妈妈说："晓伟就在身边，当着孩子的面，你别这样说好不好？你让晓伟怎么想？他毕竟还是个男孩！"

大姨只是回头看了一眼儿子晓伟，并不在意儿子此刻在想些什么。她只想一吐为快："你看看晓伟的样子！"

"晓伟的样子怎么了？"陶然妈妈不知道她要说什么。

"看看吧,他比别的同龄男孩都胖,个子也傻高傻高的。他在前面走,两只胖胳膊像脱了臼一样,耷拉着,从后面看,像是从肩膀两侧各长出了一根尾巴。"

陶然妈妈见大姨这么糟蹋自己的儿子,实在是听不下去了:"行了行了!你是孩子亲妈吗?有亲妈这样说自己儿子的吗?"

这时,晓伟主动插话了:"我这次来这儿是有原因的。我妈在家天天唠叨,我烦透了!我想,到了这里,我妈就不唠叨了,没想到,她还是唠叨……"

听见晓伟的控诉,大姨控制住情绪,不再说什么了。

第二天,大姨和晓伟收拾好东西要出门时,晓伟抱着黄色肥猫,一直回头看着站在门口的冷着脸的陶然。看到大姨和晓伟要走了,陶然心里突然轻松起来,觉得应该说句话,一开口,却是这样一句:"晓伟,你有话想跟我说吧?"

大姨心里想,我儿子晓伟哪里会有话跟你说?没想到,晓伟突然走到陶然面前,用手按住肥猫的头,好像不让它插话似的,低声问陶然:"你有没有听说过,有一辆去梦草坊的绿皮火车?"

"梦草坊？绿皮火车？"陶然怔怔地看着表弟。她没听说过，从来没听说过。晓伟看出陶然不知道，脸上的表情很失望。"我以为你会知道的！"晓伟的眼神像是掉进失望的水沟里快被淹死了。他用手拍了一下猫的头，像是告诉它，回家吧。然后，转身走向电梯。大姨已经站在电梯里等着晓伟了，见他眼里有了泪，就问道："陶然又跟你说什么了？你还哭了？"

晓伟胡乱擦了一下脸，应付道："没事，让猫抓了一下！"

大姨慌了："抓哪里了？"她伸出手去检查儿子的脸、脖子和手。

站在电梯间里准备送他们的陶然爸爸和妈妈，都听见晓伟说了一句："找不到！内伤！"

送走了大姨和表弟，陶然心里还画着大大的问号。梦草坊？绿皮火车？我怎么没听说啊？表弟的脑子里，真的是装满奇怪的东西。剩下她一个人面对着下滑的哼哼响的电梯时，陶然想着表弟，心情有点复杂。

第二天的早上，还发生了一件事，让陶然的爸爸和妈妈都沉默了。妈妈在收拾陶然房间时，看见废纸篓里没有垃圾，只有一张叠得整整齐齐的粉色纸片。妈妈感到好奇，便捡起它，打开，原来是晓伟留给陶然的电话号码。妈妈跟爸爸说，陶然把她表弟给的电话号码都扔了！爸爸因为陶然的态度也生气了："哎，她心里，只有她自己！"他接过那张纸，前后看了一下，叹口气说："人家晓伟知道女孩喜欢粉色，没用普通的白纸，专门找了粉色的纸，认认真真留下电话！还是被你家陶然扔了！"

妈妈也生气："你家你家的，陶然不是你女儿？"

爸爸无语了。

秦子悦身上的味道

　　哪个班都有一个绝顶聪明的人,也有一个傻子。聪明人,自然是那个学习好的。大家都这么认定。傻子呢?自然也有很多属于他的标志,比方说,体育课上跑得最慢的人;写五次作文,有三次出丑的人;最有说服力的,就是容易让老师在大庭广众之下拿他出气的人。在陶然心里,表弟晓伟在他们那个地方,那所学校,那个班里,差不多就是这种傻子。

　　被人认定是傻子的人,大家用言语欺负他,他不反抗。不傻的人,别人一犯着他,他就会像狼一样蹦起来。

陶然没想到,同桌秦子悦对她说:"你很傻!"

这话一出口,陶然感觉是晴天下雨,夏日落雪了。她以为自己听错了,问他:"你刚才说我……什么?"

"你听见了!"

"我没听清……"

"你已经听清的话,我不想再说了!"

"我告诉你,我没听清!"

秦子悦笑了:"你没听清,那你生什么气?"

陶然被问住了。她突然感觉课桌升起来,像船一样摇起来。她低头一看,是秦子悦为防备她用脚踩他,提前把两只脚抬起来了。因为用力过猛,课桌也就离开地面要升天了。

"我是你的对手吧?"秦子悦笑着说,他不笑,是不开口说话的。

"敌人!"陶然把秦子悦自我标榜的称谓升级了。

秦子悦又笑起来。他的脸微黑,但是牙齿很白。所以,他在班里的男同学中,显得健康和瓷实。因为班上的男生们的脸都白啊,头发也蓬松有型,有的还散发着化妆品的香味。听说，有的男生天天早上要洗头的，一挨近他们，就有洗发水的气味要偷袭你的鼻孔。秦子悦脸上不怎么白，身上也没有香味，只是牙齿白。就因为他的亮白牙齿，让陶然觉得"敌人"很难对付。陶然感到他的牙齿后面隐藏着秘密。这种年龄的人，有秘密，就显得有力量。大自然里活得很惬意的哺乳动物，都有坚硬耐磨的牙齿，锋利无比的牙齿。秦子悦的牙齿，像是时刻准备着与"敌人"血拼的利器，没有对手时，它们排好了队，跺着脚，等着血光四溅的一刻。它们在嘿嘿笑着。

有对手天天坐在自己身边，陶然有了斗志。在学校无风无浪的平淡日子，就隐藏了很多期许。

秦子悦第二天没来上课。陶然听见班里有人淡淡地问了一声，秦子悦怎么没来？有人就淡淡地说，他请假了。

陶然没在意。家里有点事情，或是感冒发烧了，谁都会请个假。因为秦子悦没来，邻座空着，她觉得天地大了，既宽松又自由。就像书里说的，在人口不密集的地方，一个人可以拥有一座庭园，前院可以用来种花草，后院可以用来漫步。

第二天秦子悦也没来。陶然望望身边空的桌面，又低头望望空的桌洞，皱了一下眉，没有主人的房子，一点生气都没有了。

第三天，秦子悦还没来上学。陶然忍不住了，装作很随便的样子问一个同学："秦子悦请了几天假？"被问的同学摇着头，并不关心秦子悦来不来上学这件事情。因为大家都忙自己的事，自己的事情做都做不完，哪里还有时间关心某一个同学几天没来上学，去了哪里？

陶然在意了。

她想从班上别人口中打听同桌秦子悦的消息，发现没有打听消息的渠道。大家似乎都不愿意说话。其实，她不想承认，她到了今天，竟然没有一个知心的朋友。过去和她混在一起的马婉婉和董晴，因为马婉婉过生日那件事产生了矛盾，现在和她成了路人。

夏老师每天来上课，都是精心梳妆打扮过的。陶然记得夏老师的年龄，是二十九岁。陶然刚来班上时，同学都是从四面八方的小学考入本校的，都是新面孔。当然，夏老师也是新面孔。全新的人聚在一起，让新学年更加新了。

大家七嘴八舌地围着夏老师说话时，有人因夏老师的年轻和漂亮而提出了问题："夏老师，你今年多大了？"

大家清清楚楚地记得夏老师的回答："二十九！"

之后的一天，陶然无意间看见了夏老师的出生日期。她在心里用幼儿园大班时就学会的加减法，精确地算出了夏老师的年龄，是三十二岁。

一开始，陶然以为夏老师忙，大大咧咧，忽略了自己的年龄或是不在乎自己的年龄。仔细一想，夏老师是太在意自己的年龄了，才会跟别人说自己是二十九岁。夏老师不愿意跨过三十岁的门槛，她要永远活在二十九岁的门里不出来，好像躲在里面更安全，一旦跨过三十岁的门槛，风和日丽的日子就少了，下雨和落雪的日子就多了。

陶然想从夏老师嘴里知道秦子悦请假的原因，又感觉从夏老师当了班主任，一直到今天，夏老师就没喜欢过自己。从来就没喜欢过，自然也没有亲近过，如果突然去问她一个男同学请假的原因，无论从哪个角度去想，都有点"冒险"。

那一刻，陶然觉得孤独和无助。没有朋友的感觉，就像是冬天开门的一瞬间,冷风钻进来,刺了一下热皮肤,再把门关上。但这种感觉很快就被陶然忘记了。所以,对于瞬间的冷,短暂的孤独,陶然是能忍受的。

刚上初中的时候,夏老师让陶然担任语文课代表,发生了一件事之后,又换掉了她。那是班上任期最短的语文课代表。那天夏老师因为忙,让陶然在家长微信群里转发一下当天的语文作业题。其中有几个造句题,涉及的词有"独占鳌头""春色满园"等。正赶上陶然心情不好,她故意把作业题改了,发到家长群里。她把"独占鳌头"改成"茕茕孑立",把"春色满园"改成"尸横遍野"。等同学们的作业交上来摆在夏老师面前时,夏老师像看见一群饿着肚子找不到家喊妈妈的绝望孩子,那些句子充斥着哀号和恐惧,让夏老师身体像是遭到电击一样,朝后一仰,差点翻到地上去。

陶然在初中的最高职务,就是语文课代表,可惜,才干了两周。接任职务的是马婉婉。

有了这段故事,陶然和夏老师之间的距离,没再拉近过。她觉得夏老师小题大做,自己只是发泄一下坏情绪,也不用因此就轻易毁灭一个女孩的自尊和理想啊！

陶然放学回家，妈妈开门就说："晓伟来电话了！"

"他来电话干什么？"

"晓伟是找你的！"

"他找我？他找我有什么事？"

"晓伟好像问有一辆去什么地方的火车，你知道吗？"

"我不知道。他不该打听什么火车，他应该步行去塔克拉玛干大沙漠，缺吃少穿，被太阳暴晒，变成一个不害怕女生的男人后，再步行回来！……"

妈妈先是愣了一下，然后打断了陶然的话："表弟给你打电话，是想问你点事情，你怎么给人家判了刑？还是这么重的刑！"陶然也不等妈妈把话说完，就进了自己房间关上门，拒绝了妈妈的申诉。

陶然真的不关心表弟晓伟打来的电话。

秦子悦消失第四天的下午头一堂课是体育课。体育老师马炳一瘦瘦高高，短发从距耳朵三分之一处时尚地剔出一道白白的分界线，划出大小两块，像是泾渭分明的事业和家庭两个部分。他直直地立在那里，不大像体育老师，倒像是在操场上准备走秀的男模特。

排好队的同学差不多都盯着马老师的发型看,怎么看都觉得漂亮。马老师把眼光在队伍里扫了两圈,问道:"秦子悦没来?"

被风吹拂着的队伍里飘出一句回答:"听说请假了……"

"哦……"马炳一老师有点失望。同学们都知道,马老师在学校担任运动队总教练。学校运动队拉出去参加各级比赛,取得什么样的成绩,给学校带来什么样的荣誉,都和马老师有关,马老师肩负着很大的责任。同学们还知道,马老师的专长,是中长跑,他在自己的运动生涯里取得过很多骄人成绩。学校运动的中长跑项目,是一心想干大事的马老师重点抓的。抓中长跑项目,就要先选人。几堂体育课之后,马老师有了目标。秦子悦凭他的身材和性格,在第一学期刚刚开始的时候,就顺利进入马老师的视野,成为中长跑项目的首选人。经过两个月的训练,秦子悦的 800 米成绩,提高幅度惊人。马老师对秦子悦的期望更高。

"没人知道秦子悦为什么请假？"马老师不甘心，又问了一句。队伍里有人像鱼在水里冒泡般嘟囔着"不知道"。

马炳一老师又失望地"哦"了一声。

陶然很认真地听着马炳一老师接下去要问什么，想知道那个突然消失的秦子悦去了哪里。但是，马炳一老师"哦"了一声之后，不再问了。陶然有点失望。她表达失落的举动，是在马老师让大家压腿做准备活动时，她的压腿动作只做一半。队伍里，所有人的身体都沉浮着，组成了涌浪，她就像漂在浪里的小船上高出一截的桅杆，呆呆地立着，轻轻晃着不知道要摇向哪里。

马炳一看见露出水面的桅杆，很刺眼，就用手指了一下陶然，示意她别做浪中桅杆，做一滴水才好。他冒出一句："茕茕孑立啊？"陶然一愣。看来，那件事不仅全班知道，在全校的老师中间也传开了，人人皆知，连体育老师马炳一都记得清清楚楚。

陶然这么想着，身体沉下去压腿，还没起身，其他人已经随着马老师的口哨声做"双臂扩展"运动了。

马炳一老师又用手指了一下陶然:"你被水淹着了吗?拱在水里不出来?"同学们听了都咧嘴笑,觉得上体育课比上数学课、物理课、化学课有意思,从心底里开心。大家和马炳一老师都觉得,照往常出现这种事情,尤其是老师当众讽刺一位女生,女生肯定羞涩不安,宁愿时光倒转,把这个插曲删掉。

但是,同学们都听见陶然回了一句:"都淹死了,还出来干什么?"

这回,轮到马炳一老师愣了,不知道该怎么接住陶然扔过来的砖头一样的话。同学们听了,差不多都在心里说,陶然够狠!

马老师不再说话,因为他担心招来陶然更让他下不了台的话。世界上因为不起眼的小摩擦,引发一场灾难性战争的事情已经不少了。

这时,从操场远处跑来一个黑乎乎的学生,手里拎着蓝白校服,只穿着白色短袖衬衣,跑近了,大家才认出是请了假的秦子悦。

马老师的脸上拨云见日晴朗起来:"秦子悦?晒这么

黑……"

秦子悦的白牙齿在阳光下泛着光,让同学们都联想起明星做的牙膏广告。"马老师,我看了课程表,知道这节是体育课,我觉得能赶上,下了车就跑过来,还真赶上了!"

马老师除了笑,还不停地点着头:"好好好,你赶上了!"马老师好像还没表达出自己对秦子悦的喜爱,走上一步,又拍了一下秦子悦的肩膀。

这时,秦子悦朝同学们打了一个招呼:"同学们好!"

陶然感觉秦子悦冲着大家说"同学们好"时,眼睛只望着她。

她的心情也变了。

下午的第二节课是自习课。陶然身边空了几天的座位一下子被黑乎乎的秦子悦填满了,好像教室里都显得拥挤了。

陶然嗅到一种从未闻到过的味道。她侧脸看了一眼秦子悦,他的头发和晒黑的脖子之间有一段青色的皮肤。那味道不是汗味,也不是阳光留在物体上的味道。

猜不到，陶然就开口问了："你身上是什么味？"

"草！"

"你说什么？"

"草的味道！"

"你请假去旅游了？"

"开学上课，谁会给学生放假去旅游？"

"那你是……"

"猜不到吧？"

"这怎么猜！"

"你会知道的！"

秦子悦的话，把陶然的心一下子拎到半空，上不去下不来。秦子悦在陶然眼中，平淡中隐藏着神秘。

越是神秘，陶然就越不敢逼他。她担心一逼，把神秘和期待逼跑了。下了自习课，陶然出去活动了一下，回来后，刚刚坐下，又嗅到了一种味道，比之前闻到的味道要浓很多。秦子悦并没有在座位上，他还在操场上疯跑，没回来。

她随意翻了一下数学书，又去翻语文书，觉得语文书

有点异样,比原先厚些,再细翻,发现书里夹着一根草。

它叶子宽宽的,杆是紫色的,隔着纤细的长白绒的青皮,里面的紫色液体像在蠕动,似乎在造血,让叶子的绿发亮。它渐浓的味道,竟然像是草在呼喊。

陶然看得呆住了。

别动那根草！

那根草是秦子悦偷偷塞到陶然书里的！陶然丝毫不怀疑。她被那根草折腾得连晚饭都没吃几口。过了夜里十二点，陶然仍没有睡着。对于她来说，失眠这种事情，还从未出现过。她关了灯，瞪着眼睛，像是跟黑夜约好了，要进行一场使用特殊语言的对话。她把那本夹着草的语文书小心地摆在枕头边，嗅着它的味道，像是能感受到它在呼吸。

陶然没让书页完全合上，担心书页的压迫，让那根草不能生长。

它是活的！她想。

凌晨三点了，语文书上的那根被陶然认为活了的草，披着微白天色的斗篷，成为陶然入睡的导游，它在前面无声引路，陶然用意识默默跟随着，不敢惊扰它，怕它在晨曦的梳妆中消失。原来真正的睡眠，是寻梦的旅途。

陶然醒了，是终于醒来了。她一睁眼，看见离自己的脸很近的地方有四只眼，如果这四只眼不是长在两张脸上，陶然会被吓晕过去。她梦的尾巴还拖在梦里不愿意出来，她意识脆弱，眼前朦胧，很容易被突然出现在眼前的有些惊悚的画面吓到。

"你们在干什么？"

陶然说完这句话，脸前的四只眼动起来，一下子和她的脸拉开了距离。陶然看清了爸爸和妈妈的两张说不清道不明的脸。从四只眼睛里，陶然什么含意也找不到，只有怀疑一切的金箍棒插在东海里。这根金箍棒，不一定非是孙猴子，谁拔下它用它打人，都让人疼。

"你们……这是在干什么？什么眼神？你们要降妖吗？"

妈妈的两只眼睛往后退去，她站直了身体。爸爸的脸还凑在陶然面前。他回头望着陶然妈妈，像是在对眼神。

妈妈说："你承认你自己是妖了？"

"在所有爸妈的眼中，女儿都可能变成妖！"陶然翻身坐起来，刚想伸开两臂拉伸一下腰，就被爸爸摁躺回床上："等等，我们要问你话……"

"你们怕妖跑了吗？非让我躺着问话？"

"看看，她还是自己承认自己是妖了！"妈妈用手指指向陶然。在陶然看来，妈妈的手指第一次让她感到像剑，很锋利的剑，直指她的面部。陶然下意识地用手把毛巾被拉到下巴处，护住自己的脖子。

爸爸突然把身体立直了，像一堵突然高砌在床前的墙，他看着陶然，话却是对陶然妈妈说的："孩子，跟咱们……怎么这样了？"

妈妈明白爸爸的心结，沉默不语。

陶然只想反击："我哪样了？！"

"你在梦里叫谁了？"爸爸不想试探了，打响了家庭战争第一枪。

陶然心里一惊：我做梦了？在梦里还张大嘴巴喊了人名？我能喊谁，会喊谁啊？……

"这是什么？好像是草啊，什么草？为什么放在你枕头边上？"妈妈发现了那根草，很自然地加入了战争。

"别动！"陶然在妈妈碰到草之前，抢先把草抓到自己手里。

爸爸并不希望战争真的打响，那对自己、对陶然、对家庭，都没好处的。他小声对陶然妈妈说："一根草而已！"

早餐，陶然跟妈妈说："我想吃煮鸡蛋！"

妈妈说："你从不吃煮鸡蛋的，你自己说吃了煮鸡蛋就想吐！"

陶然说："我今天不吃煮鸡蛋才要吐！"

爸爸见状，主动站起身："我去煮鸡蛋！"

陶然听见厨房里传来响动，是爸爸在忙。她不想吃鸡蛋，鸡蛋从鸡屁股里挤出来，吃到人嘴里还是带着鸡屎味。这是她从很小的时候就有的印象。她今天只是故意要吃鸡蛋，故意给父母找点麻烦，就像骑着自行车，疯狂自由地在大马路上逆行。她低头吃面包和牛奶，但是，不一会儿她突然听到自己的房间里有了响动,便警觉起来,停止咀嚼,仔细判断刚才的异常响动是不是来自自己的房间。

那声音就是从自己房间里传出来的。陶然站了起来,嘴角上还挂着白色的奶滴,她看了看厨房,厨房里已经没了动静。是的,陶然彻底醒悟过来,刚才在厨房里忙碌的"大老鼠",已经偷偷流窜到陶然房间里了。

像大老鼠一样的爸爸果然蹲在陶然的房间里,背对着门,手里捧着东西在看。陶然是飞奔进去的,跟隐形战斗机差不多,妈妈根本来不及提醒"作案"的爸爸。妈妈听见陶然变了声地大叫:"别动那根草!"

陶然看见爸爸手里的那根草跳了一下,像猫一样跃到了地板上。陶然觉得它刚才是拼命挣脱了爸爸的手。

陶然把草捏在手里时,觉得它在委屈地颤抖。它真的在抖。爸爸没解释,也找不到合适的话,只能说:"我去煮蛋,我去煮蛋……"

陶然听见妈妈在厨房里责备爸爸:"孩子要吃蛋,你不煮蛋,溜到孩子房间看那根草干什么?"

爸爸的声音变了调:"我不明白那根草是怎么回事,

我就是想知道那是什么草！"爸爸话才说了一半，突然叫了一声："你掐我干什么？"

陶然像是为了终止厨房里爸爸和妈妈之间的暗斗，喊了一句："我不吃鸡蛋了！"她开始收拾东西准备上学，又听见妈妈问爸爸："你看清那是什么草了？"

"我还没看清，孩子就冲进来了，上哪里看清？"

陶然突然发觉秦子悦理发了。他的头皮竟然泛着青白，像隐藏很久的神秘面纱被揭开了，那是吸引人眼球的青白，比他的脸、脖子……凡是能露出肉的地方都要白很多。他的黑是晒出来的？他原本没有那么黑？关键是，秦子悦的手背是黑的，手心是白的，让她想到了熊掌。她也见过很多热爱运动的男生，天天在操场上疯，在操场上跑，也黑，但是，没有秦子悦黑得这么超前。这会让胡思乱想的人，想到秦子悦的基因问题。

"你的祖宗是棕熊吗？"陶然第一次主动跟邻居提起一个话题。这个话题有攻击性，不友好，很适合她这种性格的女生的外交口吻。

秦子悦看着陶然,听出她话中的辣味,感觉像化妆后的蜈蚣。但是,他一点都不生气,反而把眼睛朝上翻了一下,天棚上有幽默的老先生劝他不要生气。秦子悦真的没生气,他用一种见过大世面的口气说:"我去的那个地方,就是这样。"

陶然无法进攻了。一般情况下,她用充满攻击性的话挑衅对方,对方肯定会狠狠回击。

秦子悦没有,他向陶然张开了一张温柔客气的大网,把陶然当成了一只愤怒的小鸟。

陶然看见了这张网,她止步不前了:"你说你去的那个地方是什么?你什么意思?……"

"你刚才说我黑啊!我听懂了!我去的那个地方,人都黑,太阳就那么晒着你,没有遮阳的地方。天上下大雨,没有避雨的地方……每个去那里的人,都是一根草!"

陶然听得似懂非懂。

"你好像没在听,对我讲的没兴趣!"

陶然说:"我在听啊!只是……"

"你想说,那根草!"秦子悦为了更加形象,在桌面上竖起自己的一根细长的食指，第一个关节弯曲着，就像一个人的脖子被折断了。

陶然看着那根弯弯的伸不直的手指，不解地问："你为什么让它弯着？"

秦子悦说："风来了，把它吹得直不起腰！风一来，哪根草都得给风敬礼！"

听了秦子悦的话，陶然有些意外，没想到晒成这样黑的人，会说出这么浪漫的话。她心里就长出了一片浪漫的草地，果然有风徐徐地吹来，草们都恭敬地弯下腰。陶然想，在这片草地上，我去哪里找得到秦子悦的那根手指呢？……

课间休息时，陶然把语文书翻开，看了一下夹在里面的那根草。她是担心它枯萎了，干了，碎了。但是，它依然青涩，体内充盈着朝气，像是正在制造一个有悬念的故事，让陶然陷入进去，沉迷其中，不能自拔。

胡笛手很欠，他的课桌不跟陶然的课桌为邻，却暗中很留意陶然的行为。他记仇。陶然翻看夹在语文书里的草，被他无意间看到了三回。胡笛第三次发现陶然在呆呆看那根草时，就决定做坏事了。

胡笳第一次趁陶然不在，想翻开陶然的语文书取走那根草时，被刚刚走进教室的秦子悦看见了。秦子悦见教室里还有很多人，就没有大喊一声，像在公众场合发现小偷那样，让小偷暴露在阳光之下，而是用手指着胡笳，从门口一直走到陶然的课桌前。胡笳看见了秦子悦，也看清了秦子悦如剑般的手指所指的方向。胡笳把已经拿在手里的那根草重新放回语文书里，放在桌子上。

"是放在桌面上的吗？"秦子悦指着语文书问胡笳。

胡笳慌忙把语文书放回到课桌的桌洞里。

秦子悦摇着头说："翻别人的东西，不好！"

"我只是……只是……"胡笳不知该怎么解释自己刚才的行为。

"你只是好奇？"

"好奇，只是好奇……"胡笳看见秦子悦为他修了一个台阶，顺势就下来了，"真的好奇！"

秦子悦发觉胡笳像是忘了自己刚才行为的危害，心思只扑在好奇上，就用警告的口吻说："别动那根草！"

胡笳嘴上说："肯定不再动它了！"但他心里却说，我一定要知道那是一根什么草，不看清它，我非疯了不行！

陶然回到教室，把语文书从桌洞里取出，看了一眼，又放回到桌洞里。她不知道刚才发生了什么，不知道她的这根草刚刚经历了一次危机，就像是一只忙碌的蝴蝶落在花上休息，它不知道一个专逮漂亮蝴蝶的臭小子刚刚从这朵花旁边经过。

胡笳再没有第二次下手的机会了。因为，只要他滞留在教室里，秦子悦就在教室里。"你不去卫手间吗？"胡笳问秦子悦。

秦子悦抬头看看他，摇了一下头。

"你也不去操场上活动活动？"胡笳又问秦子悦。

秦子悦抬头看着胡笳："你要干什么？"

"我就是问问你怎么不出去活动活动。"

秦子悦说："你去卫生间，我就去卫生间！你去操场上活动，我就去操场上活动！你现在想要做什么，我等着你！"

胡笳有点恼了："你故意的？"

秦子悦说:"对!故意的!"

"你到底要干什么?"胡笳不太敢招惹秦子悦,一直克制着不良情绪,但是,他实在是没有耐心了。

秦子悦不恼,只是清楚地告诉胡笳:"别动那根草!"

胡笳听了,心里早已崩溃得七零八落。

挂坠是个草编的小笼

马婉婉家境很好。用同学们的话说，她家就是有钱！马婉婉对家里是不是有钱，并没有感觉。因为她出生以前，她家里就有钱。

同学们都记得马婉婉脖子上有个挂坠，是玉的。只有夏天时，它才露出来。夏老师也有一个玉挂坠，无论四季，同学们都能看到夏老师脖子下方有个发着亮的东西。有一天，夏老师把马婉婉叫住了，问她："婉婉，我看看你的挂坠！"马婉婉正跟同学说着话，朝教室外走，听见夏老师这么说，伸出手就把脖子上的玉坠摘了，递给夏老师，头都没回，继续跟同学聊天。

夏老师仔细看了马婉婉的挂坠，然后把它还给了马婉婉："很好的……"没几天，有同学发现，一直戴在夏老师脖子上的玉坠不见了。

夏老师脖子上没了挂坠，是董晴先发现的。董晴跟马婉婉说："夏老师发现你的玉坠比她的好很多，她才不好意思戴了！"

"一块石头，能好到哪里去？"马婉婉觉得董晴有些多事，"一个女孩总是注意这些，你还能考上好高中吗？"

董晴说："不是我注意这个，是夏老师太注意这个了！夏老师可懂得玉坠的品质好不好！"

马婉婉说："你要是喜欢，我这个坠子送你！"

董晴说："你少吓我，我们家活着的三代人都没戴过你这种坠子！"

学校中长跑总教练马炳一老师要搞一次观摩比赛。除了本校的优秀选手参加，别的学校的中长跑尖子也被邀请来了。

马炳一老师悄悄跟秦子悦说:"邀请来的这几所学校的中长跑选手,都是全市排名靠前的选手。你的实力我知道,我要知道别的学校选手的实力到底如何。你放松跑,我只是想看看别的学校选手成绩提高了多少!"

秦子悦笑起来,露出一口亮白的牙齿:"我不紧张,老师!你看我什么时候紧张过?我喜欢太阳,喜欢跑!"

马老师拍了一下秦子悦的肩,不满足,又捏了一下他的像是被太阳厨师喂饱的结实胳膊:"我知道,我知道!我都搞不清你的这种劲儿是哪里来的。是天生的?反正我喜欢!现在的城里男孩,都白,都精致,都软。有时候,我生气,吼他们一声,他们就回家告状。家长就要给我打电话,话里话外就一个意思,不该吓唬他们的孩子!对一个不爱运动、懒得动的男孩,我该怎么做?当一个老师也难……"

"马老师,你把我当朋友了吧?"秦子悦问道。

马炳一老师愣了片刻,说道:"是吧!我没把你当作一个学生。"

"我也觉得我们是朋友。不然,老师也不会跟我说这么多！"

马炳一老师又伸手捏了一下秦子悦结实的胳膊："下午，天会更热。两点多钟，气温会在34摄氏度左右！现在，天上一点云彩也没有，阳光直射，会让运动的人喘不上气来。人要是喜热的植物就好了。但是，人不是植物！你要好好跑！控制速度、节奏，调整气息，不说了，说过多少遍了。对你，我这是唠叨……"

秦子悦望了一下天，笑了："老师放心！我喜欢大热天！"

马老师用手挠了两下头发很短的脑壳："有时，你在我眼中，你就是一株什么植物，一只动物……"

秦子悦的眼睛亮亮的："我像什么植物，什么动物？"

马老师继续挠着几根头发，像是要让它们站起来："说不出来，反正是像……"

下午两点，秦子悦赶到操场上时，看见很多别的学校的中长跑好手都来了。有些没有受到邀请的学校的体育老师，也主动赶来观摩。有的上自习课的学生跟班主任请示，得到批准，也围在操场边上，喊喊喳喳的，像是重要的比赛就要开场了。

陶然也想去操场上看比赛，但是，夏老师不同意，她说得非常简单，谁都不能去！陶然看了一眼教室窗外热闹起来的操场，希望能有人再说一句话，让大家也去操场上看比赛。但是，没人说这句话。教室里气氛沉闷。大家都从夏老师的表情上看出来，夏老师此时的心情不好，谁也不想惹她。

陶然只想看秦子悦跑。

夏老师坐在讲台上低头看一本书。陶然站起身，大家马上抬头看她。陶然走到讲台前，站到夏老师面前。夏老师看书看得很投入，陶然在她面前站了一会儿，她没有感觉。陶然说话了："夏老师，我要去趟卫生间！"

夏老师抬起头来，眼睛里竟然有泪，看来，夏老师在看一本小说之类的书，她肯定把自己当成小说中的一个受伤的女人了。

"你要干什么？"

"卫生间！"

"刚才下课时你没去？"

"我的肚子不太舒服！"

夏老师点了一下头。陶然走出教室，没去卫生间，直接去了操场。陶然看见第一组的运动员已经开跑了，是400米比赛。秦子悦穿着学校的白色运动校服，在那里做准备活动。他抬头看见了陶然，又看看四周，发觉自己班里只来了陶然一个同学。

秦子悦就冲着陶然举了一下手。

陶然把手在胸前动了一下，像是在回应，又像是没有回应。但是，秦子悦朝陶然点了点头。

陶然觉得借上卫生间跑到这里看秦子悦比赛，很值。她不太在乎夏老师知道了会怎么对自己了。

秦子悦跑800米。别的学校的运动员穿着五颜六色的运动服，给闷热的操场带来一股朝气，秦子悦的运动服让陶然感到清爽。

800米比赛的哨声一响，十几名运动员一开跑，场外一片寂静。一圈200米的场地，运动员要跑四圈。身穿白色运动服的秦子悦在第一圈就超出第二名五六米远，紧随其后的运动员拼力跟跑,担心落下太远。第二圈,秦子悦就把第二名甩下了十七八米的距离。结果不用想,想追上秦子悦太难了。

别的学校的教练看着飞奔的秦子悦,又欣赏又嫉妒。一个教练对马炳一老师说:"马老师,你们学校这个叫秦子悦的学生,哪里是个初中生,就是一只豹子。一只捕食的豹子!"

马炳一老师点着头说:"跟我的感觉一样!"

教室里,特别想看操场上进行着的邀请赛的还有女生马婉婉。她发现请假去卫生间的陶然一去不复返,就看着窗外。她看见陶然站在操场上看比赛呢,就举手跟夏老师说:"我也去趟卫生间!"

"你们今天这是怎么了?去吧!"夏老师突然环视了一下教室,问道:"陶然怎么没回来?马婉婉,你顺便看看,陶然为什么还不回来?"

马婉婉不说话,用手指了指窗外的操场,然后走出教室。马婉婉用手势告诉了夏老师陶然的去向后,她就改变了主意，不去操场上看比赛了，真的在卫生间里面转了一圈，然后回到教室。她希望看见夏老师在教室里怒斥陶然的场景。夏老师的脾气不好，在老师和学生中是出了名的。

马婉婉没看见夏老师坐在讲台上，当然，也没看见陶然。董晴跟马婉婉做了个手势，指了指窗外。本来，同学都坐在自己的位置上，虽然不安心，但还算安静。马婉婉朝窗前走去，隔着窗户朝外望。大家一看，都呼啦一下围到窗前。有人小声说："夏老师抓陶然去了……"

刚才，马婉婉用手指着窗外时，夏老师一眼就看见了站在运动场边上的陶然。她心里的火不用打火机点，自己就烧起来。她快步赶到操场上，刚要喊陶然，马炳一老师回头看见了夏老师，马上迎上来："夏老师，秦子悦是你们班上的宝，也是我们学校的宝，说不定，将来是国家的宝……"夏老师还没来得及说话，秦子悦走过来，脸上身上流着汗："夏老师，你怎么只让咱们班陶然一个人来给我鼓劲？如果全班同学都来了，我会跑得更快！"夏老师不知道该说什么了。

这时，秦子悦把白运动服脱掉了，露出黑亮黑亮的皮肤。陶然突然发现秦子悦脖子上挂着一个东西，一根小红绳，系着……一个从没见过的东西。

秦子悦胸前的东西也吸引了夏老师的目光。她问："你脖子上挂的是什么？"

秦子悦低头看了一眼，用手托起挂坠："一个朋友送的。草编的！"

"草编的？"陶然靠近了秦子悦，想看得清楚些。

但是，它被夏老师捧在手里，看了一下，然后放下："草编的物件！"

教室里，同学们还围在窗前朝外看。"夏老师在骂陶然吧？""可能在训她呢！""肯定在骂陶然！"……

突然，大家的议论停止了。因为都看见夏老师和秦子悦还有陶然一起走回教室，他们脸上很轻松，一点没有擦枪走火的迹象。

大家在夏老师走进教室之前，都回到自己座位上了。

夏老师说："刚才，我应该让大家都去操场上给秦子悦加油！"

秦子悦笑起来，白牙齿直反光。

陶然小声说道："我看看你脖子上挂的东西。"

秦子悦把挂坠摘下来，递给陶然。陶然把它拿在手里，翻来覆去地看，它是一个草编的很精致的小笼子，扁平，流行的时尚手表一般大，棕色，接近秦子悦的天然肤色，像是他身体的一部分。它编织的缝隙很小，里面有空间，像是有什么东西居住在里面。陶然实在是看不清里面到底是什么……

"这是什么？"

"你看不出来吧？"

陶然摇着头，等着秦子悦给她解释。秦子悦向陶然伸出手，摊开手掌。陶然把它放在秦子悦的手心里。

她看见秦子悦把它重新挂在自己的脖子上。他抬头看了一眼讲台上的夏老师，然后对陶然说："刚才，夏老师在操场上问我，我没跟夏老师讲。其实，它是签名笔！"

"签名笔？"陶然一愣。

"签名笔！"

陶然看见秦子悦的脸上，没一点调侃的意思。她心里越发地吃惊了。一个草编的小笼子，怎么会是签名笔？

"骗人！"

"我从不骗人！"

陶然觉得秦子悦没骗人。他的诚恳，跟他的肤色一样真实。陶然想再仔细看一下秦子悦胸前的草编挂坠，但是，秦子悦已经把白运动服套在身上，草编的小笼子就像是钻进运动服里躲了起来，他黑黑的脖子上只留下细细的红绳，红绳另一头，牵着那个神秘挂坠徐徐沉入海底，背着她要去做诡秘的事。

签名笔

　　陶然觉得，秦子悦身上真有故事，太有故事了。这是她想的。正因为这样想，陶然的脑子里全是秦子悦。

　　当天晚上，陶然做了一个难以启齿的梦。这样的梦，对一个初中一年级的女孩来说，就是活到了八十岁，满口假牙的时候，也不会跟别人说的。

　　……她变成了一只能爬行的昆虫，哪种昆虫不重要，是不是漂亮也不重要，只要是长着爬行的脚，有一双能看清这个世界的眼睛就行。目标，秦子悦白运动服遮挡住的草编挂坠。她变小的脑袋，能探进草编的缝隙，看见里面到底是什么……就在她吃力地爬行在秦子悦的胸脯上，爬行了很长一段距离，快要抵达草编挂坠时，秦子悦在睡眠中感觉到了痒，伸出手在胸前挠了一下，他的一根手指竟然划断了她的三条腿——就像是一辆十吨的载重车，碾压了一辆婴儿车。她在梦中，暴死在草编挂坠前，动弹不得，只剩伤心。

她醒来时，知道自己在梦中结束了一段冒险和寻找的旅程，她真希望能继续断掉的梦境，继续她没有经历完的、很过瘾的探险。

去学校，上第一节课时陶然没见到秦子悦。身边的座位空着，在陶然看来很显眼，很空，就像是一间屋子，有一面没有墙。让陶然感到十分奇怪的是，夏老师从走进教室那一刻开始，她对陶然身边的空荡荡的座位就视而不见。

下课后，她想问别的同学，秦子悦为什么又没来？去哪里了？怎么没人问，也没有人管啊？

但是，她不能问。她担心别的同学会反问她，你问他干什么？他去哪里关你什么事啊？你太关心他了吧？

陶然把疑问藏着，也把秦子悦当成空气，可心里憋得难受。

更加奇怪的是，她放学回到家里时，竟然看见表弟晓伟坐在沙发上跟妈妈聊天儿。见她进来，晓伟一脸兴奋，没有往日见到她时的那种拘谨和不自在。妈妈说："晓伟来这里办事，他自己的事，今晚上就坐火车回去了。"

"办……什么事？"陶然问。

"办完了！"晓伟没回答办的是什么事情，简单回了一句，就转头继续跟陶然妈妈说话了。

陶然上去扳着晓伟的肩膀，让他的头朝向自己："办的什么事？"

"我自己的事……"晓伟很熟悉陶然恼火时的表情。

"我问你，办的是什么事？"

妈妈说："陶然，都上中学了，对表弟怎么还像是对流鼻涕的小孩子啊？"陶然松开晓伟的肩膀，直起了腰，瞪着晓伟。

晓伟把被陶然抓皱的衣服抻平了，对陶然说："我不想跟你说！"

"你？！"陶然差点去抓晓伟的头发，晓伟一躲，把头闪到陶然妈妈身后。

"表姐又欺负我!"

妈妈把陶然推开:"晓伟只来家里吃顿饭,就坐晚上的火车走了,你对晓伟好点行不行?我去做饭了,别耽误晓伟上火车……"妈妈说着去厨房了。

陶然望着晓伟,刚想继续问他突然来这里办什么事情,晓伟匆忙站起身,跟着陶然妈妈去了厨房,再也不肯出来了。陶然觉得晓伟一个人来这座城市办事,很诡秘。她在厨房门口转了几圈,发现晓伟根本就没有走出厨房的意思。她只能站在厨房门口,没话找话:"晓伟,你的肥猫怎么样了?"

晓伟手里握着一根紫茄子,警惕地回答道:"它挺好!"

"你的肥猫是又肥了,还是瘦点了?"

"没肥,也没瘦!"

陶然没话问了。她突然指着晓伟说:"你别在我妈身后瞎转悠,你出来!"

"我看姨做饭,不想出去……"

妈妈回头对陶然说:"你老是盯着晓伟做什么?他不

想跟你说话！过去，你烦他，谁都看得出来！你今天怎么了？这么想跟你表弟聊天儿！"

晓伟在陶然妈妈身后说："我不想总跟她聊！"

妈妈对陶然说："你听见了吧，晓伟不想跟你聊！"

陶然说："吃完饭，我送你去火车站！"

晓伟说："我自己走，不用你送！"

"我对你好，你看不出来吗？"

"看不出来，你的好，太突然，我受不了……"晓伟的实话，让陶然心里凉了。她知道晓伟跟她的隔阂不是今天才有的，从他第一次来她家里时就有了。但是，陶然就是想知道晓伟此行的目的是什么。今天所有的事情都让她感到不解。她决定到了晓伟该去火车站的时间，提前在楼下等着，在送他去火车站的路上，一定问出晓伟此行的目的。

让陶然没想到的是，在她去卫生间的短短的时间里，晓伟单单背着她，不告而别了。陶然不罢休，问妈妈："晓伟突然来了，又突然走了，他到底办了什么事？"

妈妈说："他真的没告诉我。"

"你也不问问?"

"你表弟不想说,我就不好再问了!"

"他自己一个人来到这里,就把事情办了?"

"自己办完了!"

"找什么人办事呢?"

"听晓伟说,是找一个学生办事!"

"他跑那么远的路,来找一个学生办事情?"

"晓伟就这么说的。这件事办成了,他很开心,不,是特别开心!"

陶然听了,一个人走到阳台上,望着外面,觉得这个世界要发生大事了。真的要发生大事了。

"陶然,吃饭了!"妈妈喊。陶然在阳台上回了一句:"不饿!"妈妈走到阳台上:"你上了一天的课,怎么会不饿?"

"真的不饿!"

妈妈摇着头说:"长这么大,第一次跟妈妈说不饿!"

"不饿就是不饿,奇怪吗?"

"奇怪!"

爸爸正在餐桌前摆餐具，也抬头对陶然说："是奇怪！"陶然为了不让爸爸和妈妈再奇怪下去，就把客厅通往阳台的玻璃门拉上了，把自己封闭在阳台里，保留住阳台里的暂时安静。

透过玻璃门，陶然还能听见爸爸问妈妈："你上中学时，就这样怪怪的吗？"

妈妈的声音挺大，让陶然听得很清楚："我哪里有她这样怪？！"

爸爸的声音："她处在一个女孩敏感时期，我们小心点就是。"

妈妈的声音大了："我们跟自己的孩子相处要小心？你说，我们该怎么小心？你教教我！我看，她是自私……"

陶然拉开阳台的玻璃门，大声问道："我怎么自私了？"

妈妈为了躲避矛盾升级，转头进了厨房不出来了。

爸爸只能用无力的口气说："没说你。你妈妈是在说我！"

"爸，那你是自残！"陶然一甩手，把阳台玻璃门关上了。

一进教室，陶然就看见秦子悦坐在书桌前，被几个同学围着，在说什么，气氛很热烈。陶然的座位也被几个热情的同学占住了。因为有秦子悦，她就站在旁边，看着他们闹哄哄地说话，有了罕见的耐心。

夏老师一进教室，围着秦子悦的同学都散了。陶然发现，同学们回到自己座位上时，回头看着秦子悦，都流露出恋恋不舍的表情。

陶然问秦子悦："你这两天很忙？是在训练吗？"

秦子悦说："没训练，在帮朋友办点事……"

"帮朋友办事？你能办什么事？"

秦子悦说："很重要的事。"

"很重要的事？有多重要？"陶然正准备一追到底，让疑问变成答案，突然发现秦子悦脖子上的红绳不见了。

"你的挂坠？"她指着秦子悦的前胸问道。

"收起来了！用完了！"

"用完了？什么意思？"

秦子悦看见陶然一脸的懵懂，小声提醒她："你别忘了，它是签名笔！"

陶然突然想起，秦子悦曾经告诉过她，他脖子上的草编挂坠不是简单的装饰，里面有签名笔。"你给谁签名？你太奇怪了！"

"给需要的朋友！"

秦子悦的回答，让陶然直接掉进了梦境，身体都飘浮起来。一直到夏老师喊了三遍她的名字，她才回过神来。

"陶然，我点名叫了你好几遍，你的眼睛看着我，却不回答。你是故意的，还是你已经改了名字？'陶然'俩字跟你没关系了？"

夏老师用手敲着点名册，涂着指甲油、发亮的指甲和纸张接触的声音很尖锐，让人觉得夏老师掌握着一种先进武器。

第一次，陶然不在乎夏老师当着全班同学的面指责她。她只关心身边的秦子悦，还有秦子悦一身看得见又抓不着的长满了软刺的悬念。

陶然小声对秦子悦说："你等会儿，我有话问你。现在，我要先对付讲台上的那个人……"

秦子悦笑起来,那口白牙齿闪了一下,像是先进的激光武器,反击着讲台上的蠢蠢欲动的锋利指甲……

他把大熊送走了

在初中一年级的长长的走廊尽头,是一间堆着运动器械的房间,除了体育委员需要帮助体育老师搬运各种运动器械经常进出,很少有同学走到那里。突然有人发现,那个房间的门框上挂了一个新牌子:心理诊疗室。

陶然只是和同学们议论了几句那个牌子,但她没兴趣跑到走廊尽头去看一眼。

秦子悦突然跟陶然说:"你知道吗?三班的大熊是第一个去心理诊疗室的人,他去了好几次了!"

陶然听到秦子悦提起那间陌生的屋子,就认真起来:

"大熊？我知道他。他怎么了？为什么去心理诊疗室？"

秦子悦把手比画成一支手枪的样子，对准自己的太阳穴："这里有了问题！听说是抑郁！半个学期，他们班的同学和老师都没听到他说过一句话！"

在陶然的记忆中，有关于这个叫大熊的同学的模模糊糊的印象。但是，千百个学生，都穿着同样的校服，每天在狭长的走廊里像水一样流动，谁又能分辨水的颜色？

在这平淡无奇的日子里，秦子悦早已在暗中注意到了大熊。他看见了大熊这滴颜色不同的水，消失在走廊尽头的房间里。

陶然不止一次看见秦子悦像根木头似的杵在走廊里，在等什么人。

"你在等谁？"陶然实在忍不住，问秦子悦。她觉得秦子悦呆呆地立在走廊里，快变成一个傻子了。

秦子悦望着走廊尽头。走廊尽头没有窗户，很黑，像是一条变细的黑洞。见秦子悦呆呆地望着走廊尽头，陶然也顺着他的目光看过去，她觉得如果走在这条长长的走廊里，一直走，会从白天一直走进黑夜。

"他还没出来!"秦子悦说。

"谁?"

"大熊……"

"我知道他!"

秦子悦用下巴指了一下走廊的尽头,说:"他从上节课进去,到现在第二节课都下课了,还没出来!"

"你说,大熊的脑子出问题了?"

"挺严重!"

"心理诊疗室的老师为大熊做心理疏导,你站在走廊里着什么急?"

听见陶然这句话,一直把目光投向走廊尽头的秦子悦这才把眼睛转向了陶然,让陶然猛地一下子感到脸颊被灼伤了,秦子悦的目光是凝聚了太阳光的热量吗?陶然伸出手,下意识地遮挡了一下秦子悦射在她脸上的目光。

差不多还有两分钟就要上课了,秦子悦突然朝走廊的尽头跑去。走廊里来来往往的学生,没能妨碍秦子悦跑向走廊的黑洞。陶然也呆呆地站在那里,就像秦子悦呆呆地站在那里一样。一会儿,秦子悦跑回来了:"门锁了,大熊不在了！"

"你想对他做什么？"陶然觉得秦子悦太关心这个叫大熊的不同班的同学了。

"想帮他……"

"你说,你要帮大熊？他不是我们班的,你跟他熟吗？你可能连他的全名都不知道,只知道他的小名叫大熊,为什么要帮他？"

上课铃响了,秦子悦快步走进教室,坐在那里,两手支撑着头,眼睛对着桌面,像是在看桌面上没有规则的花纹。那些血管一样的纹路,在秦子悦的眼中,像是出了严重问题。

"你在看什么？"

秦子悦抬头看了一眼陶然,没说话,又把头垂了下去。

"你在为大熊的事情操心？"

"本来,我想先为一个人办一件事情的,都没想到,大熊的事,是最应该先办的！我犯了一个错误……"

"办什么事？"陶然的脑子突然恍惚起来。她第一次感觉,自己的"邻居",离自己并不近,他像是来自另一个世界。

　　秦子悦的头不再抬起来,他根本不想回答陶然的话了。

　　一节课结束,陶然在教室里再看见秦子悦时,发现他仿佛换了一个人,好像短短的十分钟,他跑出去换了一颗快乐的心脏。

　　他冲着陶然笑着,不说话。

　　"你有高兴的事?"

　　"我看见大熊了!"

　　"他出现了?"

　　"我以为再也见不到他了!"

　　"一个初中生,怎么可能说见不到就见不到了?"

　　"我是为他担心!"

　　"我发现,你在为很多人很多事情担心……不对,是操心!"

　　"我就是做这件事的人……"秦子悦欲言又止。但是,陶然抓住了这半句话:"你是做哪件事的人?"

　　秦子悦像是没听见陶然的问话,他眼睛盯着胡笳,故意大声地问:"胡笳!你的衣服穿反了!"

胡笳低头看了看衣服，问："哪穿反了？"

秦子悦就说："像穿反了！"

陶然紧盯着秦子悦说："你别管人家衣服穿没穿反，我就是想问你，你是做哪件事的人？"陶然又回头对胡笳说："你衣服没穿反，他故意逗你的！"胡笳抻着自己的衣服，不解地嘟囔着："你们在搞什么啊？"

秦子悦躲不过去了，就硬着头皮说："我去卫生间了！"说着，几步就蹿出教室。陶然望着秦子悦的背影，心想，我坐等，你还能跑到天上去？

左等右等，陶然坐在那里，没等来秦子悦。她以为秦子悦又训练去了，看看操场上，没人训练。

这可怪了。陶然看见夏老师坐在讲台上备课，不时抬起头，眼睛扫一下教室。陶然心里想，夏老师那么大那么亮的眼睛，就看不见秦子悦的座位是空的吗？夏老师再把头抬起时，陶然也抬起头来，用目光去碰撞夏老师的目光，在对视的瞬间，陶然把目光转向身边的空位，提醒夏老师，秦子悦不在！

但是，夏老师根本不在意陶然目光的提醒，而是在她们的目光数次相撞之后,开口说道:"陶然,大家都在埋头看书做作业,你不停地抬头,要做什么?"

陶然只能说:"我的脖子有点硬,想活动一下!"像这种随机应变的妙招,陶然信手拈来,让人无可奈何。

夏老师一听,对大家说了一句:"大家听好了,陶然刚才提醒了我,现在,大家都暂时抬起头来,跟我一起活动一下你们僵硬的脖子!"

陶然直着脖子,不跟着大家的节奏晃头。她心里有点火。大家的头左摆右晃,像一屋子机器人在招揽不愿意掏钱买东西的顾客,而台上的夏老师就是那个瞎热情却挣不到钱的店主。陶然明白自己内心有火的原因了,她是在等待一个熟悉又陌生的人。她第一次认真地等别人,等不到,所以火了。

原来都是别人等她,她习惯了。现在,她需要等别人,心里不舒服了。

"陶然,你提醒我活动一下脖子,现在,大家都活动脖子,你怎么不动了?"夏老师一边晃着脖子,一边问道。

陶然说:"我活动过了。"她说得没错,她活动过了。

但是,她忘了集体行动,她是集体中的一分子。

夏老师的脖子一边左右摇摆着,一边盯着陶然,心里想,陶然这个女孩,这么自我,这么冷,这么不考虑别人……长大了怎么办?她要面对人生中的很多事情啊!夏老师很快给陶然的人生下了一个不乐观的定义。

夏老师从心里讲,不太敢惹陶然。尽管她手里有"班主任"这个权力,但是,陶然的性格,让她像一枚危险的炸弹,随时可以爆炸,总能伤着别人,从不会想自己会不会也受伤。对这种女生,夏老师在心里想要和她保持距离。

陶然可不知道夏老师对她的"诅咒"。

终于熬到了下课。

秦子悦上了一趟厕所,竟然没回来。他竟然没有回来!他也太自由了吧?他没有人管吗?他也……太随心所欲了吧?

她突然想吃凉凉的东西。她不想吃那种含有浓浓奶油香料的冰激凌,她只想吃很便宜的、只有冰的冰棒。她跑出校园,朝右拐,在一家专卖各种冷饮的叫"只有我家有"的小店门前站住了。她想吃的只有冰的冰棒,在这家小店才能找到。

小店里，只有一张桌子，桌边竟然坐着一个客人，是秦子悦。他靠在明亮的窗前，在吃陶然想吃的那种只有冰没有奶油的冰棒。

他看见陶然后，举起了手里的透明冰棒。陶然走近那张小方桌，不解地问："你不去上课，竟然一个人在这里吃……冰棒？！"

秦子悦伸出舌头舔了一下嘴唇，没有露出自己白得亮眼的牙齿，这让陶然觉得，他那口隐秘的白牙，正在做着一件隐秘的事。

秦子悦突然兴奋地说："我把他送走了！"

"谁？你说什么？你把谁送走了？"陶然觉得一切都像是掉入了一场梦境，在这个梦中，故事没有开头，她已经变成了故事的中间部分。

"大熊！我把大熊送走了！"

"你把大熊送走了？你把他送到哪里去了？"一提到大熊，陶然回到了现实。

"梦草坊！"

"梦草坊？"这个名字终于像一块从天上垂直砸下的木匾，立在陶然面前。过去，它在她的记忆里是飘在半空中的，字迹不清，她的脑子没想收藏它。它以前在她的生活中出现过，被人提起过，她为什么视而不见？今天，从秦子悦的嘴里说出来，为什么有些……振聋发聩？

最后一张票

"只有我家有"小店里,环境色调是蓝色,追求的是清凉。独有的一张小桌子是蓝的,独有的一把小椅子也是蓝的。小椅子上坐着微笑的秦子悦,他看见门口出现的陶然,他的白牙齿露出得更多一些了。此时,店里除了一个和他们奶奶差不多年龄的店主,只有他和陶然。

这是一个解决陶然心里一切疑问的机会。

"梦草坊……是座房子?"

"是个很美的地方!"

"我爸爸去过很多地方,我妈妈也去过很多地方。

他们没提起过梦草坊!他们为什么不知道你说的这个地方?"

秦子悦回头看了一眼店主奶奶,她一直在看着秦子悦和陶然。陶然发现,店主奶奶的脸上竟然有秦子悦脸上一模一样的笑容。店主奶奶的不同之处,是她头上的那顶蓝色的帽子,像是收集了天空的蓝织成的。

秦子悦说:"梦草坊,是给需要去的人准备的!"

"什么样的人,可以去……那里?"

"你啊!"

"我?"

"你!"

"为什么是我?"

秦子悦没有回答,又回头看了一眼店主奶奶,像是在征求她的意见。陶然发现秦子悦几次回头看店主奶奶,觉得店主奶奶不一般,这家叫"只有我家有"的小店也非同寻常。

店主奶奶问秦子悦:"她想去梦草坊?"

秦子悦说:"她应该去!"

陶然睁大眼睛，想看清楚店主奶奶："你，你知道梦草坊？"

店主奶奶神秘地笑了，像是回答了陶然。店主奶奶问秦子悦："你没给这个叫陶然的同学签票吗？"

秦子悦摇头。

"为什么？"

"天地蛛太累了……"

店主奶奶若有所思地点点头："去梦草坊的人太多了，天地蛛确实辛苦了……"

陶然听着店主奶奶和秦子悦的对话，完全是在听另一个世界的声音，"你们，在说什么？天地蛛到底是做什么的？奶奶也知道天地蛛？"

店主奶奶不关心陶然的疑问，她只是问秦子悦："我从你嘴里听到陶然的事情是最多的，我以为你会最先让她去梦草坊的，为什么迟迟没有给她签好那张去梦草坊的车票？"

"因为，我发现别的人应该更早地去梦草坊！"秦子悦说完这句话，用抱歉的眼光看了一下陶然。

"那辆车，还有票吗？"店主奶奶用手扶了一下头顶上的蓝帽子，蓝帽子上有隐约闪现的橘色的条纹，它在发光。

"还有一张！"

"给她！"店主奶奶很肯定地对秦子悦说。

"这些日子，我一直在想应该把最后的一张票送给谁……"秦子悦跟店主奶奶说话时，又回头看了一眼陶然，"我还不确定，是不是该把最后一张票给她……因为，下一辆车，要等到明年了！"

陶然发现，店主奶奶的目光一直落在自己脸上，不知道是奶奶的目光灼热，还是她头顶上的蓝帽子会发光，逼着她躲闪奶奶的注视。

店主奶奶有话要问陶然："刚才，我听见他叫你陶然？"

"我叫陶然……"

"我现在想问你一个问题。"

"想问什么？"

"一个简单问题！"

"简单问题？"陶然的脸色有些慌乱。从小学到初中，凡是老师让她回答问题时，一说简单，她就心乱。被问到简单的问题，假如回答不出来，提问的人就会默默地送你一个外号：傻瓜！

"你妈妈的生日是几月几号？"

陶然一下子愣住了。她不记得。她不回答，店主奶奶就知道了答案。但是，奶奶不想轻易给陶然下结论，她又给了陶然一个机会："你爸爸的生日是几月几号？"

陶然茫然地看了一眼秦子悦。秦子悦垂下了头，他是替陶然垂下了头。

店主奶奶像是自言自语："我好像不用再问了……"

小店内一下子安静下来，好像上天给了三个人想心事的时间。

"怎么了？"陶然觉得气氛异常，感到不安。她感觉到这种异常的气氛跟自己的回答相关。但是，她觉得……记不记得爸爸和妈妈的生日，有那么重要吗？

陶然这样想的时候，她脸上表现出来了。

秦子悦捕捉到陶然脸上的不屑表情，他看着店主奶奶："我决定了！"

店主奶奶点头说："我也决定了！"

"你们在说什么？决定了什么？"陶然感到眼前的事情太悬疑、太未知、太陌生了。

店主奶奶没回答陶然的疑问，只是对秦子悦说："最后一张票，给她！"

陶然像是被人带到了一扇封闭的大门前，突然门开了，她看见了一道风景："你们是在说，给我去梦草坊的车票，最后一张？"

店主奶奶还是不回答，只是微笑。

秦子悦领着陶然走出"只有我家有"小店，拐入了另一条街。秦子悦走得快，陶然跟在他的身后，有些追不上，她得小跑才能跟得上。

陶然问："那个奶奶是做什么的？她好像对梦草坊很熟悉，也很有权力。你是做什么的？能回答我吗？"

秦子悦站住了："我现在只能回答你一个问题。奶奶是所有去梦草坊车票的最终审定人！"

"去梦草坊车票的最终审定人？"

"对！"

"最后一张票给我了？"

"对！"

"我有了这张票，就可以去梦草坊了？"

"对！"

"看来，我很幸运！"

秦子悦的脸上出现忧虑的神情，这种忧虑，跟刚才店主奶奶脸上的忧虑是一样的。陶然问道："你为什么有这种表情？我能去梦草坊，你不高兴吗？"

秦子悦说："我本来把你列入了明年去梦草坊的名单。没想到，奶奶和我都决定让你提前去梦草坊！"

陶然已经兴奋起来，她只知道自己是幸运的。她这样的女孩，会让幸运成为生活的主题，就像是看烟花，满眼都是天空中的艳丽，从没想过地上牺牲的烟花残屑。

"我什么时候能拿到去梦草坊的车票？"

"很快！"

"很快是多久？"

秦子悦突然说道："去梦草坊，不是旅游！"

"不是旅游，去做什么？"

秦子悦一副欲言又止的样子。

"你说啊！"

秦子悦很艰难地说了下面这句话："让你换一个人！"

陶然先是愣了一下，然后用食指点着自己的鼻子："你是说，让我换一个人？你开什么玩笑？我好好的，让我换一个什么样的人？我换了一个人，谁还认识我？听着像是整容，让你们整了我的脸，我还是陶然吗？"

秦子悦说："不是让你换脸！"

"不换脸，换什么？"

"换心！"

"换心？这是大手术啊！"陶然有点急了。

在陶然追问秦子悦的时候，秦子悦的脸上出现了从来没有过的严肃、庄重的表情。他的表情告诉陶然，他没开玩笑。

"去梦草坊的人，都是去换心的？"陶然的思维，已经走进了一条窄胡同，很难调头，只能一直走下去。

"可以这样说！"

"梦草坊有中国最好的医生？"

"我想，那里有世界上最好的医生！"

"世界上最好的医生……"

秦子悦像是老师在公布正确答案："是世界上最好的医生！"

陶然说："把票给我！"

"会给你的！"

"我现在就想拿到票！"

秦子悦说："这要看天地蛛醒了没有！它太累了！"

"为什么要等天地蛛醒？"

"去梦草坊的车票，需要它签字！"

"还要天地蛛签字？"

"它必须签字！"

"它不签字呢？"

"天地蛛不签字，你的票就不能生效，你就不能乘坐那辆列车！"

陶然一下子想起来了："天地蛛就在你挂在脖子上的草编挂坠里？你说挂坠里有去梦草坊的车票的签名笔！天

地蛛是签名笔！"

秦子悦说："看来，你真的想起来了。"

"它在哪里？它还在你的脖子上吗？"

"它在我衣服里的兜里。我不能在它很累时，把它挂在我的脖子上。外面声音嘈杂，影响它休息！"

"它现在休息好了吗？"

"它还要再睡两个小时！"

陶然说："你让我看看签名笔！"

"我说过了，它睡眠不够！"

"晚上放学之后，我能拿到车票吗？"

秦子悦微笑着点点头。

陶然一下子轻松起来，主动找话说："你总是自由自在的吗？"

秦子悦还是微笑。他的笑容，像是在给他来自的那个陌生的世界，打魅力少年的免费广告。

"我送你的草叶还在吗？"

"在！"

"你知道它是什么吗？"

"不太知道……"陶然懂得珍藏,一直小心翼翼地看守着那根草叶。它还能做什么,她确实不太知道,又有一点预感。

"它就是车票,天地蛛要在上面签名!"

"哦?!"

陶然明白了。

晚六点,陶然和秦子悦坐在学校的操场边上,等着天地蛛醒来。操场上有一些不肯回家的男孩在踢球。陶然的手里,一直捧着语文书,书里夹着那枚草叶。在等待天地蛛醒来的时间里,陶然不停地翻开书,看看草叶,它依旧绿,散发着生命的湿润。过一会儿,它就会成为一张去往梦草坊的车票了。

对于陶然来说,那将是一次非同寻常的陌生远行。

消失的小店

陶然的心情大变。她在第二天才拿到去往梦草坊的车票。前一天晚上,陶然和秦子悦一直坐在操场上等天地蛛醒来,天地蛛却缩在草编的挂坠里不肯醒过来。当时,陶然不肯回家,因为拿不到票,她不放心。

秦子悦说:"让天地蛛睡吧,它睡够了,自然就会醒的。你回去吧!"

陶然说:"我没事,再等等!"

那时候,操场上的灯亮了,教室里的灯也亮了。秦子悦回头看到自己班上的教室窗前,一直有一个人影,看头发和个头，秦子悦猜到那是班主任夏老师。他也猜到，夏老师站在教室窗前有些时间了，她在盯着他们。

秦子悦笑着对陶然说："夏老师在教室里看我们哪！"

陶然回头看了一眼教室，不再看了，转头对秦子悦说："别理她！"

秦子悦说："夏老师可不希望看见自己的学生天黑了还坐在操场上不回家！"

陶然说："一个女老师，明明三十多了，还说自己二十九，天天盯着自己的学生，像盯着仇人和对手。她就不能好好嫁一个人，下班回家和孩子、丈夫在一起，过大多数女人的生活？"

秦子悦放声笑起来。

"你笑什么？"

"我笑你说夏老师的时候，就像已经八十多岁了！"

陶然也跟着笑了。但是，她突然想到一个问题："这次去梦草坊要多久？十天？一个月？一……年？……"

"你希望多久？"

"我不知道……"

秦子悦替陶然想到一件事情:"你想跟家里人说吗?"

"不想!"

秦子悦说:"根本不用说!"

陶然问:"跟学校也不用请假吗?"

秦子悦果断地说:"不用!"

周四的早上,陶然从秦子悦的手中接过了被天地蛛签过名的草叶。她心里想,它现在,完全是一张有效的车票了。

陶然把草叶对着早上的太阳看,她没发现草叶上有天地蛛签名留下的痕迹。从表面看,它还是草叶。

"我看不出这是一张车票啊,天地蛛签的名在哪里?"

"别人是看不出来的!只有通往梦草坊的列车上的列车员才能检测出它是车票,不是普通的草叶!你只要收好这张票就可以了,别丢了!"

"开车的时间?"

"周五的晚上八点整。"

"这个周五?明天?"

秦子悦点头:"就是明天晚上八点!"

陶然着急地问:"我需要带必需品吗?"

"不用。你人到了就行!那里什么都不缺!"

"什么都不缺?还有这样的旅行?我没听说过!"

"不仅仅是旅行!"

"对了,是去做大手术的!"陶然想起昨天秦子悦提起的话题,开着玩笑说道。

"差不多,就是做一次大手术!"

"换心!"陶然继续开玩笑。

秦子悦顺着陶然的话说道:"祝你换心成功!"他脸上常常出现的笑容却消失了。陶然问:"你好像严肃起来了!"

"是吗?"

"你脸上刚刚出现的表情,让人不安啊!"

"我只是想起了一件事……"

"什么事?能说吗?"

"不能,我还不知道事情的结果!"

在学校的一上午时间里,陶然一直处在跟同学和夏老师即将默默告别的兴奋中。秦子悦警告过陶然:"你再兴奋,也不能透露梦草坊之旅的半点信息!一旦透露出去,车票会自动失效!"

"明晚八点钟,我要在什么车站乘车?"

"当然是我们都熟悉的车站了!"

陶然有点吃惊:"这么神秘的列车,为什么要在大家都知道的车站停靠?为什么经过这个车站,人们都不知道它?"

"因为,通往梦草坊的列车是八点整进站。上一趟列车是七点四十五分经过,下一趟列车是八点一刻经过。这么多年了,一直这样,列车时刻表不会轻易改变。所以,通往梦草坊的神秘列车,才确定了自己的时间。再说,所有乘坐去梦草坊列车的人,都会遵守时间和规定,不跟别人说话,只是默默地登上这趟列车!"

陶然又想到了一个问题:"你,会送我去车站吗?"

"凡是经过我的推荐去梦草坊的人,我都要亲自送他们去车站!"

陶然轻轻舒了一口气。

上午第四节课结束时，夏老师叫住陶然："下午放学后，去我办公室一下，我有话跟你说！"

陶然突然说道："老师，现在说吧，我怕没时间了……"她说完，就后悔了。

夏老师盯着陶然，警惕地问道："没时间了？你在忙什么？为什么和老师谈话的时间都没有了？"

陶然看了一眼不远处的秦子悦，他正用焦急的目光看着她。陶然连忙解释道："我只是着急，我想早点知道老师要找我谈什么！"

夏老师果断地命令道："放学后，去我办公室！"她的口气里，一点商量的余地也没有。

陶然心里忍不住笑了一下，她嘴角就动了。她嘴角一动，就被夏老师看见了："你冷笑什么？"

"我冷笑了吗？"

"你冷笑了！"夏老师本来已经打算转身走了，现在，她停下来，面对着陶然，要讨论她为什么冷笑。

"老师说我冷笑了就冷笑了！"陶然说完这句话，心情大好。因为，她在心里已经跟夏老师告别了。

夏老师听了陶然这句话，以为陶然服软了，就转身走了。

陶然回头用目光去寻找秦子悦时，秦子悦已经不在教室里了。她觉得还有很多事情要问秦子悦，走廊里没有秦子悦的影子，学校的操场上也不见秦子悦。陶然想到了"只有我家有"小店。秦子悦也许就在那里，也许他平时就住在小店中。因为，从陶然认识秦子悦开始，他从没谈起过自己的家庭和具体的家庭住址。

她跑出学校大门，拐上一条大街，朝"只有我家有"小店跑去。但是，在她记忆中小店的位置，没有小店的影子，就像没有秦子悦的踪影一样。她呆呆地站在那里，有些茫然。她记得第一次找到小店，就是从学校大门出来后朝右拐的，然后走进一条更窄的胡同，再走二三十米，小店就立在左手边，那块吸引人眼球的牌匾就挂在门上。

"怎么没了？"

陶然看见在小店的位置上，是一家专卖牛肉的老店。她走进去，先是闻到生牛肉的腥味，然后迎面就是卖肉的大案板，牛肉已所剩无几，只有几块剔下的牛骨头堆在案板的角落里。一个五十多岁的男人在用一块油腻的布不停地擦油腻的手,他抬头看了一眼陶然,然后低头继续专心地擦手:"孩子,牛肉卖完了!"

"我不买肉!"

男人甩着两手,用眼睛问陶然,不买肉,还有什么事?陶然望着门外,眼光还在寻找她要找的小店:"我记得,那个叫'只有我家有'的小店就在这里……"

"只有你家有?"

"不是'只有你家有',是'只有我家有'小店!"

"小店的名字叫'只有我家有'?"

陶然点头:"对!"

卖牛肉的男人用手指着自己的脚尖:"你说这是'只有我家有'小店?"

"是的……"

"孩子,你在梦游吗?"

"梦游?"

"我在这里卖牛肉,整整三十年了,加上我父亲在这卖牛肉的时间,时间就更长了。但是,我没听说过什么'只有你家有'小店……"

陶然再次纠正肉店老板:"不是'只有你家有',是'只有我家有'小店!"

"我从没听说过'只有我家有'小店,这条街上也没有。我每天在这条街上来来回回多少趟,连修鞋的没有名字的铺子都知道,就是没有你说的小店!这名字,听着真霸道!"

陶然有点蒙。

她推开牛肉店的玻璃门,准备走出去的时候,发现自己的手摸到了玻璃门上用红色油漆涂上的字——"鲜牛肉"。油漆字已经跟卖牛肉的店老板一样老了。陶然站在玻璃门外没动,她继续发蒙。她听见店里的老板嘀咕道:"现在的孩子,每天都在琢磨什么?梦游一样!"

她再次返回学校,还是没找到秦子悦的踪影。

那天下午放学后,陶然没去夏老师的办公室。她不想再听夏老师跟她说什么了,夏老师要说的话,对于要出远门的陶然来说,一点都不重要了。

周四的晚上,是陶然跟爸爸和妈妈告别的前夜。她大部分时间都待在自己房间里，躺在床上，瞪着大大的眼睛，想着白天发生的匪夷所思的事情。她听见妈妈的手机响了，妈妈一直在"嗯嗯"地回应电话那一头。电话足足持续了五分钟，陶然听见妈妈穿着拖鞋走到门口，推开了门："然然，你怎么了？今天放学后……"

陶然截断妈妈的话："她让我去她办公室，我没去！"

"夏老师找你，为什么不去？"

"我忙！"

"你忙？忙什么？"

"我累了，不想说！"

妈妈知道陶然的脾气，纠缠下去也没有和谐的结果。妈妈生气地关上门。陶然听见妈妈跟爸爸说："她现在是不是有问题了？夏老师找她谈话，她说不去就不去！根本没把夏老师当成自己的老师！"

陶然望着房间门，说了一句："再见！"

周五的早上，陶然突然惊醒了。她想做一件事情，就是要证明，在那条街上，到底有没有那个叫"只有我家有"的小店。

她没吃早餐，担心妈妈多事，就趁爸爸在卫生间，妈妈在厨房煎蛋的时候，开门跑出去了。她先去了学校，走了第一次发现"只有我家有"小店时走过的路，从学校门口朝右拐，然后再拐进一条窄窄的胡同，走二三十米的样子，她站住了。

她看见的还是那家用红油漆在玻璃门上写着"鲜牛肉"的店。

陶然不知道在那条街上来来回回走了多少趟，她看见了一个小个子的男人，他走得很慢，在一个靠近十字路口的地方，摆了一个摊，把补鞋的工具放在地上，又在自己坐的椅子的对面，摆了一个干净的塑料圆椅，是供修鞋人等候时坐的。陶然走过去，指着这条小街问道："叔叔，这条小街上的那家'只有我家有'小店去哪里了？"

小个子男人摆完补鞋工具，坐在自己的小椅子上，个子就更矮小了。他说："你说的小店，我没听说过！"

"从来不知道这个小店吗？"陶然不死心。

"没听说过，听着像是只有在书里才会有的名字！我的修鞋铺也有名字，就叫老张修鞋！"小个子男人说完，不再理睬陶然了。

陶然很失落。在晚上八点之前,她不准备去学校了,她要去公园,在那里等待八点钟的到来。

她去了公园,找了一个安静的长椅坐下。怪了,她一点都不饿。平时,她从床上一醒来,就会喊:"妈,我饿了!"

现在,她的脑子里装了太多的东西,装不下,都跑到胃里去了。她不停地问路过长椅的人:"现在几点了?"

天地蛛

陶然在长椅上睡了一觉。她是不知不觉地睡着的。她醒过来时,嘴角有口水流下来,她见四周无人,赶紧把口水擦了。

阳光已经躲到公园里一排柳树的后面,从太阳的位置判断,现在应该是下午五点多钟了。她站起身,做操一样抻了抻胳膊,心想,再过一会儿,就可以去车站了。这时,她看见距离她几十米远的长椅上,坐着一个少年,头仰靠在椅背上,像是等着太阳落下。他的穿戴吸引了陶然的注意。

他穿着墨绿色的短袖背心、墨绿色的短裤、墨绿色的跑鞋。他身体裸露的皮肤，呈现着有些过分的棕色，是健康的颜色。

他给陶然一种错觉，是秦子悦换了一身衣服坐在那里。让陶然没有喊出秦子悦名字的原因，是这个少年剃了一个光头。

陶然一直偷偷用眼睛瞄着他，他却一直保持着一个动作一动不动，就像那些扮成各种雕塑的街头艺人。

有那么一刻，陶然想站起身，事实上，她已经站起来了，准备朝那个绿色"雕塑"走过去。但是，她想起了秦子悦的警告，在乘上那辆开往梦草坊的列车之前，不能节外生枝，不能出意外，不能让自己即将到来的神秘之旅化为泡影。

她强迫自己坐下了。

她看见太阳藏在了树冠后面，又掉进了两座楼之间的缝隙里。她把手伸出去，在她眯起的眼缝中，自己的手就在两楼之间，她握住拳头，像是抓住了正在坠落的太阳，然后，把它捞出来……

她睁大眼睛时，却看见那个光头"雕塑"站在她面前，他一身的绿，像一棵枝繁叶茂的树。他问道："现在几点了？"

陶然心里一惊，他的眼睛像是在哪里见过，他问的，是她自己想问的问题，他跟她一样，除了身上的衣服，身上没携带任何东西。

她说："大概六点多钟了……"

他转头朝太阳落下的方向看了片刻，说道："应该有六点二十五分了！"

陶然心里又吃了一惊，嘴上却不由得脱口而出："你知道得这么精确，还问我？"

他说："我只是要确定一下时间！"

陶然想问，你问时间做什么？但是，她克制住想问的欲望，只是观察他。为确保能乘坐去梦草坊的列车，她必须学会沉默。绿衣男孩在转身的时候，嘀咕了一句："还有时间。"他又回到刚才坐的长椅上，将头靠在椅背上，把自己变成了雕塑。

陶然累了，不由得打了一个瞌睡。等她睁开眼时，发现不远处的"雕塑"消失了。她一下子从椅子上跳起来,惊出一身的汗:"现在是几点了?我是不是错过去梦草坊的列车了?"她奔出公园,想拦截一辆出租车,突然想到自己身无分文,只有一张去梦草坊的草叶车票。

她慌了。

让她更慌乱的,是她突然发现往日喧嚷的大街上,竟然不见人流和车辆,只有路灯和楼宇里像萤火虫一样眨眼的光。

"车都去哪里了?人呢?怎么连人都不见了?……"陶然眼睛里已经有泪了,但她一点都没感觉到。

一个影子从陶然能看见的一个街口出现,陶然不知道这个黑影是希望还是恐惧,反正黑影是飘过来的。黑影是有目标的,是直直地飘向她的。陶然先是恐惧,想找个藏身的地方,但除了一个比她还小的垃圾箱外,再无别的遮挡物了。她只能呆呆地望着黑影飘到面前。黑影停住了。

黑影骑着一辆又老又旧的自行车。

黑影说话了:"要去车站吧?"

陶然愣住了。黑影是"雕塑",他竟然在几乎是空无一人的大街上，骑着一辆古董自行车，还判断出陶然是去车站的。

黑影一只脚踩在车蹬上，一只脚支在地上，抬起下巴朝车后座示意了一下："再不上车，要赶不上火车了！"

陶然鬼使神差般地被黑影吸引，坐在了自行车的后座上。自行车就在黑夜里飘起来。陶然坐在后面，看见黑影还是穿着绿衣绿短裤绿跑鞋，一身的绿色，但在黑夜里就是黑色，他在哪里出现，都是一个黑影。

陶然什么也不敢问。他在公园里出现、消失、再出现，都是这个特殊夜晚的必然。她心里只有一个愿望：能按时乘坐那辆开往梦草坊的列车。

车站到了，灯光有些灿烂。在陶然看来，城市里所有的灯光都集中在车站，让人感到晃眼。很多人都集中在这里，进进出出，像是来自六大洲酿蜜的工蜂。

绿衣男孩说："还好，时间正好！七点四十五分的车刚进站！"

陶然环顾四周时，绿衣男孩问她："你在找人，还是等人？"

"也不找人，也不等人！"陶然撒谎了。她在等秦子悦。秦子悦说过，他会来车站送她。可他一直都没出现。陶然在心里责备秦子悦，他就不怕我赶不上八点整的列车吗？要不是这个骑着古董车的男孩，她今天肯定错过列车了。

陶然跟着绿衣男孩走进候车大厅，让她感到惊异的是，以往人头攒动的大厅里悄无声息。坐着的人和站立的人都垂头看着手掌里的手机，手机里像是有一个有着超大权力的大头鬼，正在向每一个人传达人生的指令。所有人都低垂着头，在默念大头鬼下达的命令里的每一个字，好像错过一个字，他们的后半生就没了。

陶然看见头顶上的电子屏幕上闪现着车次。绿衣男孩拍了一下陶然的肩膀，指了一下"零"号进站口。陶然坐过无数次的列车，从没有在车站候车大厅里见过"零"号。她常见的是A1、A2、A3……B1、B2、B3……

陶然没见过"零"号。

七点四十五分的时候，"零"号进站口已经有人排队。这些准备上车的人，更加让陶然感到惊讶——他们没有行李，没有手机，都把头高高地仰起，盯着头顶上方的电子屏幕。他们脸上没有表情，沉默着，好像心里都装着一个不想告诉任何人的大秘密。

　　绿衣男孩走在陶然前面，安静地排在"零"号进站口候车队伍后面。陶然发现，这支不带行李、没有手机、把脖子都抻成了长颈鹿的人，竟然没有引起别人的注意。

　　陶然再一次环顾四周，仍没有看见秦子悦的踪影。

　　绿衣男孩问陶然："你还在等人？"

　　陶然再一次撒谎："没等人！"

　　绿衣男孩笑了，露出一口亮白的牙。他的白牙齿，让陶然很自然想到了秦子悦。

　　一瞬间，陶然恍惚起来。

　　"零"号进站口前的队伍动起来，候车的人像水一样无声地流进站台。陶然真的看见了那辆开往梦草坊的列车，是一辆绿皮火车，它的每扇车窗都比白色的高速列车的车窗小很多。乘坐这列列车的人都把草叶车票插在领口处。陶然看看绿衣男孩，他也已经把草叶车票别在了领口处。绿衣男孩向陶然示意了一下，让她也把草叶车票插在领口处。

这很特别啊!

"你什么时候猜到,我也是去梦草坊的?"绿衣男孩问陶然。

陶然说:"在大街上,我看不见一辆车一个人的时候,你骑着一辆古董自行车出现了!"

"我骑着自行车,你就知道我是去梦草坊的?"

"你跟我说,如果再不走,赶不上车了!"

"看来,我说了一句又危险又安全的话!"

"为什么是又危险又安全的话?"

"危险,是我在大街上跟一个陌生人说漏嘴了!安全,是我们正点赶到了车站!"正说着,他们排到了进站口,一个看上去早该退休的长着白胡茬的老人用他那双慈祥的眼睛,盯着每一位上车人的领口处,他对每一个经过身边的人都点一下头。

走进车厢,陶然才发现,这辆开往梦草坊的列车内没有行李架,他们头顶是透明的玻璃天窗,可以直接看见夜空。

草叶车票上没有座位号,列车上也没有座位号。进到

车厢的人，都随意而坐。大家都仰起头，望着头顶上的夜空。

绿衣男孩坐在了陶然的对面。

陶然觉得，他就该坐到自己的对面。她问他："你没问过我的名字，也没告诉我你的名字！"这是陶然在心里想过很多次的问题，只是没有时间问。现在，她有时间了。

"你叫陶然！"男孩笑着说。

"你怎么知道？"陶然很意外。

"我怎么会不知道？"男孩仍旧在笑。

"你的名字是？"

男孩说了一个名字。陶然没听清，问道："你的名字叫什么？"

"梦见刃！"

"梦见刃？"

"对！"

"中国人会叫这种名字？"陶然很诧异。

"我出生以后，我家户口本上就写着这个名字！"

"你姓梦？"

"姓梦！"

陶然突然像是抽查作业一样："我叫什么？"

"陶然！"梦见刃的眼神中，流露出不屑，觉得这种抽查，太幼稚，像是给幼儿园中班的小孩子出的题。

陶然心里一连声地叫起来，太奇怪了，太怪异了，太不可思议了！

列车开动了。头顶上，夜空中的星星在向后移动。车厢里响起广播声，广播要求所有前往梦草坊的乘车人把草叶车票放在面前的小桌上。

陶然和梦见刃面前的小桌子是共用的小桌。她把草叶车票摆放在桌上时，梦见刃也把票放在桌上，两张票离得很近。

"你的票……"陶然指着小桌上梦见刃刚刚放在上面的车票说，"也是天地蛛签过名的？"

梦见刃原本一直是微笑的，听见陶然的问话，他的笑容突然消失了，他伤感地看着对面的陶然，一时顿住了。

"你怎么了？"

"它死了！"

"你说什么？"陶然很震惊。

"它一共签了一百八十张票。大家都以为它累了，只要让它多睡一会儿，它就会醒来。没想到，它没醒过来……"

"它累死了？"

"累死了！"

陶然突然感到了从未有过的不安。她记得，秦子悦跟她说过，签完她的草叶车票，天地蛛累了，昏睡了很久。

她从小桌上拿起自己的草叶车票，仔细地看，想知道自己的草叶车票，是不是天地蛛签的最后一张通往梦草坊的车票。

"不用看了！你手里拿着的票，是第一百八十张！"

陶然感到自己手里的那张草叶车票在抖，像是天地蛛在睡眠中身体随呼吸起伏。半天，陶然才知道是自己的手在抖。

长着白胡茬的慈祥检票员过来了。陶然的眼光落在他身上，跟随着他。检票员并不伸手拿起小桌上的草叶车票，只是站在过道上，看一眼小桌上的车票，然后慈祥地向每一位乘客点头致意。

走到陶然和梦见刃面前时,检票员的表情凝固了,眼神也像封冻的湖水,变得肃穆而悲伤。

他把手伸出,想去拿陶然放在小桌上的草叶车票,但因为手颤抖得厉害,没能拿起那张车票。

陶然把票捧给了检票员。检票员把票拿起,仔细看了一会儿,像是没看清,从衣服口袋里取出一副花镜,戴在脸上,再把票捧在手里仔细地看。陶然看见,检票员花镜后面的眼睛里,有泪水流出来。

他把眼镜摘下,把票递给陶然:"欢迎你乘坐这辆开往梦草坊的列车!"

"为什么?我不懂……"陶然对检票员刚才的举动不理解。

检票员说:"你是天地蛛签票的第一百八十位乘客,也是最后一个!"

陶然点头。"刚才,他告诉我了!"她指着梦见刃说。

检票员说:"我刚才发现你的票,跟其他人的票不一样……"

"哪里不一样?"

"你知道吗?天地蛛是用它吐出的丝在草叶上签名的。而你的草叶车票上,有血丝……"

检票员的话,让陶然受到了震动。她把头转过去看梦见刃时,梦见刃把头仰向了透明车顶,夜空中,一颗流星从离他们很近很近的地方划过,因为太近,把这辆通往梦草坊的列车的每一节车厢都照得光彩夺目,如同白昼。所有人都望着夜空,那是天地蛛对他们的最后祝福。

陶然不知道,自己接下去将面对怎样的生活。

梦草坊

列车是在凌晨四点到达梦草坊的。昨夜,陶然怀着复杂的心情,迟迟没有困意。一直到两点多钟,她才打了一个短短的瞌睡。

她听见有人喊:"到了到了!"

"梦草坊!"

梦见刃像是早就醒了,或是根本就没有睡,他也对陶然说道:"看外面,梦草坊的车站!要多美就有多美!"

梦草坊没有城市那样的高大建筑,只有草地、水,还有远处的山。车站竟然是用草搭成的,"梦草坊"三个字是用带皮的棕色松木拼成的。列车上的很多人都把脸贴近车窗看着"梦草坊"三个字。它们像是一个沧桑的老人用一双童稚的手拼成的,老人把这三个字拼得那么有趣,那么可爱,那么——非同寻常。车站上的一切,都有些年头了,它们原本青春的绿色,渐变成骄傲的黄色,在早晨的阳光的抚摸下,竟然散发出岁月的古铜色。草地上的晨雾,像是梦草坊即将拉开的舞台大幕,涌动着勃发的激情,大戏的名字叫"陌生世界"。

铺着石子的车站站台上,有很多人等候着。梦见刃说:"他们在欢迎我们!"陶然是跳下车的,还没饱尝梦草坊带给她的新鲜草香,身后那个长着白胡茬的检票员就对她喊道:"孩子,珍惜你的车票!"

陶然一下子还没理解检票员话里的含意,身边的梦见刃提醒她:"珍藏好你手里的票!"陶然点点头,她想起了已化作流星的天地蛛。

空空的列车徐徐开动,向草地深处驶去。陶然问梦见刃:"车上没有人,它朝哪里开?"梦见刃目送着远去的列车,眼神中有恋恋不舍:"它也要休息,再次开出来,要等到几天之后了！"

一个站在欢迎队伍前面的奶奶，举起双手向大家打招呼："我代表梦草坊，欢迎你们的到来！"

陶然愣了。这不是那个"只有我家有"小店的店主吗？她快步上前，拉住奶奶的手说："我见过你，在你的小店吃过东西！"

奶奶笑眯眯地说："很多孩子都见过我，也吃过我做的东西！欢迎你，孩子！"

梦见刃拉了一下陶然："奶奶是梦草坊的坊主！"

"坊主？"

"在梦草坊，有什么问题，可以找奶奶！"

"她不是开'只有我家有'小店的吗？"

梦见刃不回答陶然的话，一脸的神秘。看见梦见刃的表情，陶然断定梦草坊的坊主就是"只有我家有"小店的店主。陶然再次上去握住奶奶的手说："我又见到您了！"

坊主奶奶愣了一下，说道："来这里的孩子，我都是第一次见到！再说，没有一个人能有机会第二次来我的梦草坊！"

听了坊主奶奶的话,轮到陶然愣了。

"您不是'只有我家有'小店的?"

"孩子,我是梦草坊的坊主!"

坊主奶奶跟大家说:"在梦草坊,你们会有不同的经历!你们也会有一个新的名字!在神不知鬼不觉的时候,你们就获得了新名字!"

新名字?所有人听了先是惊愕然后就是兴奋。

陶然却继续发愣。

梦见刃拍了一下陶然的肩膀:"别把自己搞得像做梦一样!"

陶然晃了一下头:"我现在不是做梦?"

梦见刃说:"为了证明不是梦,问你一个问题!"

"考试?"

"比考试题难度高!"

"请出题!"

"你知道梦草坊跟别的地方最大的区别吗?"

陶然想了一下,说道:"有草!"因为视线所及的地方,到处都是草。

梦见刃说："错！"

"正确答案？"

"在这里，你睡觉时都能看见星星在值夜班！"

陶然笑起来："这答案有点不靠谱，但我相信！"

"梦草坊之行，就是让你相信过去从不相信和从来没想过的问题！"

陶然听了，把脸朝前伸了伸，仔细地看了梦见刃一眼："你到底多大岁数？"

"我们应该同岁！"梦见刃朝后躲闪了一下，像是怕陶然发现他脸上有皱纹。

"听你说话，像八十岁的老年人！"

"是吗？说一两句有点重量的话，就是老年人？"

"不是吗？"

梦见刃想了想，突然说道："那我再跟你说一句有重量的话吧！让你判断一下，是不是八十岁的老人说的！"

"你说！"

"一条鱼，在河水里淹死了！"

"鱼，会在水里淹死？"

"对,一条鱼,在河水里淹死了!"

"鱼,会在水里淹死?为什么?"

"因为,它趴在海草上,在水里摇,以为自己会游泳了!"

看着梦见刃认真的表情,陶然说道:"这不像是八十岁的老人说的话,也没什么重量!倒像是一个八岁孩子说的话!"

梦见刃点着头说:"对!八十岁的老人和八岁的孩子是一样的!"

"你是谁?你到底多大了?"

梦见刃说:"已经告诉过你了!跟你同岁!"

陶然跟随着人群,脱了鞋,在草地和浅水中步行了一个钟头,来到一个居住地。房子是清一色的草房,不,准确地说,是简易草棚,跟梦草坊的车站一样。十几个剃着光头的少年是梦草坊的服务生。看见他们时,陶然以为他们是3D打印出的梦见刃。

梦见刃说:"梦草坊的服务生为大家服务,是轮流制。

他们是梦草坊的志愿者！"

陶然的目光上移，落在梦见刃的光头上："你也是梦草坊的志愿者？"

"我想成为梦草坊的志愿者，但是，没有被批准！"

"为什么？我不明白！"陶然真的不明白。

"因为，我有更重要的事情要做！"

"什么事情？"

"不能告诉你！"梦见刃脸上又浮现出神秘。

就在这时，陶然在欢迎的人群里看见了一个人，在同龄人里，他显得高高大大的，像是见过的熟人。

"遇见熟人了？"梦见刃在她身后突然问道。

陶然说："像，又不像！那个人像是一个叫大熊的人！"

"他如果就是那个叫大熊的人，也没什么奇怪的！"

"是啊，不该奇怪的！"陶然的目光，还追着那个像大熊的人。

这时，几个梦草坊的服务生在前面举着一把黄色的野花，其中一个高声地喊道："请大家跟着我们走，我们接下去还有很多事情要让大家知道！"他们几个光着的头，在微红的晨光中,像是白昼中的车灯,又像是舞台上的灯球,吸引人的眼球。

每一座草棚的门上,都有用胳膊粗的木头拼成的号码。陶然问梦见刃:"这是给我们住的地方?"

"当然!"

"里面什么……都有吗?"

梦见刃笑着问:"你指什么?草棚里要有什么?"

"比如,酒店里有的……"

梦见刃笑出声来:"什么都不需要!"

"不需要?什么意思?"

"不需要就是不需要,还会有什么意思?"

这时,一个把花举得高高的光头服务生喊道:"请大家看一眼自己的右臂,衣服上都贴着一片叶子,上面有房间号码,根据号码,可以找到自己的房间!"

陶然看了一眼右臂,衣服上果然贴着一片叶子,也不知道是什么时候被光头服务生贴上去的。陶然撕下那片叶子,看见上面果然有号码,是A36。陶然立即抬头问梦见刃:"你的号码是什么?"

梦见刃没看自己右臂上的草叶子,答道:"无号!"

"你怎么会是无号?"

"因为,我不能跟大家一样。我没有房间!"

"为什么啊?你住树上啊?"陶然觉得不能理解。

"要住树上,要走很远的地方。那应该叫森林吧!这里是梦草坊,有草。睡在草地上的感觉,是什么床都比不了的!"

梦见刃指着河边的一排草棚说:"A开头的房间都在河边上,B开头的房间在更远一点的地方……"

"你怎么这么清楚?"

梦见刃挥了一下手:"这本来就没有多么复杂!"

"你没有房间,住哪里啊?"陶然还在担心他没有地方睡觉。

"你放心,我可以住在水里,睡在草地上!"梦见刃的话既浪漫,又随意,让陶然听了,觉得自己在跟梦中人说话。

这时,梦见刃朝陶然摆了一下手,领着陶然,把她引到河边的一排草棚面前,指着一间草棚说:"A36,你的房间到了!"

陶然兴奋地冲到草棚门口,推开木门,呆住了:里面什么都没有,地上只铺着一层干草,空气中充满草和植物混杂的气味。她回头想去问梦见刃时,已不见梦见刃的踪影。"我不是原始人啊!这里什么都没有啊!"

陶然想找坊主奶奶。她看见很多女生还有几个男生也在找坊主奶奶。一个光头服务生对大家说,谁也找不到坊主奶奶的!这已经是梦草坊为大家提供的最好的住处了!

有人拖着长音问:"我什么时候能看见坊主奶奶?"

"在坊主奶奶应该出现的时候!"

陶然站在草棚门口,一个人发呆。她还惊奇地发现,跟她一起来到梦草坊的人,都在自己的草棚里进进出出,像一只只忙碌的不安的陌生动物。

陶然问自己,我从现在开始,就是一只类似猿人的高级动物了吗?

她想问别人,但感到所有人都没有时间理会自己,就连看自己一眼的时间都没有。内心里涌出一股从未经历过的不安,淹没了她。

她想寻求帮助，不，是求助……那个她熟悉的梦草坊坊主，笑容可掬的奶奶，那个陪着她乘坐绿皮火车的像影子一样的梦见刃，还有那个在欢迎人群里一闪而过的认识的人，都去哪里了？！

饿了的滋味

陶然找不到梦见刃。但是，她的肚子已经饿了。饿，是一件无法回避的实实在在的事情。一开始，她不相信来到梦草坊会没有饭吃，从来也没想过这个会成为问题。现在她开始意识到，这不是一次常见的饭来张口、抬脚上车的旅行。

她终于看见了一个光头服务生。她追上去，拉住他的胳膊："我想问……"陶然想说，我饿了。但是，因为放不下一个女孩的面子，她改成了："我想问，我们的饮食，怎么解决？"

光头服务生回答:"自己解决!"说完,快步走开了。陶然愣了三秒钟就再次追上他:"你说,自己解决?"

"对!"

"怎么解决?"

光头服务生说:"唉,我今天已经回答这个问题不下三十遍了。我再告诉你一遍,不要再问我了!在梦草坊,要学会自己想办法填饱自己的肚子!清楚了吧?"

陶然一下子火了:"让我啃草吗?!"

光头服务生说:"你要是根植物,真得靠土活着。但是,你是一个正在长身体的女生,你是人,是区别于植物的高等动物,所以,你必须要找到你能消化吸收的食物!可惜,你不是能啃草的羊!"

"我只想问哪里有食物?"

光头服务生笑了:"河里有小鱼,草地里有蘑菇。当然了,河水里的鱼永远有,但是,草地里的蘑菇要等到一场雨后,才能找得到!还好,你们很幸运,梦草坊在昨天真的下过雨了!"

陶然指着他的脸问道:"梦草坊要你们这些剃着光头

的服务生是做什么的？什么都不做吗？是摆摆样子的吗？只会告诉我们草地里有蘑菇，水里有小鱼吗？"

光头服务生的笑容依然挂在脸上，他一副见怪不怪的样子："我回答你刚才的质问！我的服务，就是告诉你河水里有捞不完的鱼，草地上有吃不光的蘑菇。"

"完了？"

"我对你的服务，完了！祝你愉快！"

光头服务生走了。

"饿着肚子，怎么愉快？"陶然没有再追上去，她呆在原地，有点傻了。过了一会儿，她恢复了神志，还是因为饿了。

她决定放下面子，问一下别人。她看见紧挨着A36草棚的是A37草棚，从A37草棚进进出出的也是一个女孩，这个女孩蹿上蹿下，让陶然想起一种动物，就是那种没思想，一天到晚只会傻乐的兔子。

陶然喊住了乱蹦的"兔子"："你是哪里的？"

"兔子"说了一个地名，陶然没听清，"兔子"来自哪个地方，对陶然来说不是重点，陶然要解决的大问题是饥饿。

"你打算怎么吃饭？"

"我准备去草地里找蘑菇！""兔子"望着四周的草地，好像长成伞状的蘑菇藏在草丛中等着她。

陶然突然问"兔子"："你不想离开这里吗？"

"离开？""兔子"的表情一下子僵住了，"刚来还没有一个小时，为什么要离开？我是好不容易才来到这里的！你这么问，好奇怪啊！"

"奇怪？这里连吃的东西都没有，连简单的早餐都没有，你觉得正常？"

"谁说没吃的？那些可爱的光头服务生没告诉你吗？吃的东西很多啊！""兔子"用手朝前指了指。

陶然觉得自己跟"兔子"不是相同的种族了，她想早点结束跟"兔子"的交流："我找不到吃的东西，跟你不一样，你可以吃草。草遍地都是，你吃一辈子都吃不光！"

"你什么意思？为什么让我吃草？""兔子"追问道。

"因为你是兔子！"

不知名的女孩火了："我们刚认识两分钟，你为什么说我是兔子？你给我解释一下！别走！……"

陶然跑了。她这样说话已经习惯了，从不会顾及别人的感受，再说，饥饿会让情绪变坏。陶然是用变坏的情绪，破坏了那个像兔子的女孩的好情绪。

因为跟"兔子"交流的失败，陶然不敢轻易重新开始自己的梦草坊外交了。她站在那里，望着一排排草棚，盯着忙碌的人影，她不知道自己为什么要到这里来，又是谁把她带到这里的。

她累了，软软地坐在草地上。她不能回到自己的草棚里，不，是不敢。一个人缩在那里，她会更加不安的。

坐在地上的陶然，很自然想起了食物，想起了过去在家中吃的早餐。那些吃早餐的情景，就像一部纪录片，快速地从眼前掠过：……她在床上喊："妈，我饿了！"已经在厨房里忙着做饭的妈妈，加快了节奏。从陶然记事开始，家里的早餐就分两种，西餐和中餐。妈妈吃西餐，爸爸吃中餐。妈妈离不开牛奶、各种奶酪、全麦面包，煎出的鸡蛋也是溏心的，软软的黄，颤悠悠地被蛋青托着。动它时，稍不留神，蛋黄就溃堤了。一杯咖啡摆在妈妈手边，供她随时端起来，沾一下嘴。妈妈是在欣赏和享受早餐。爸爸吃中餐就接地气，不，是放肆。"放肆"是妈妈说的。爸爸吃面条，呼噜呼噜吃，让人联想到一头很贪婪的动物。这也是妈妈说的。爸爸吃油条，从不咬断，从咬到第一口时，就不松口，会把一尺长的油条从头一直嚼到尾巴。爸爸也吃鸡蛋，他要吃那种煮成石头一样的蛋，就是把鸡蛋煮成硬邦邦的石头。

陶然的早餐习惯，基本被妈妈掌握了。现在，此时此刻，她只想念爸爸的早餐，几根粗大的油条，或是一大海碗牛肉面，最好是面少肉多……

这时，一个男孩站在她面前，问她："为什么不去找食物？"

陶然从虚无的早餐回忆中醒了。她问男孩："我不知道来到梦草坊没有吃的，还要像动物一样去找吃的……"

"很多人都知道要这样的！不奇怪啊！"

"你是说，很多人都知道来到这里要自己找食物？"

"对啊！"

陶然有点绝望，她问了一个早就憋在心里的话："我能打听一下,我什么时候可以回家吗?"

男孩听了她的话感到吃惊:"你刚来就想回家了?"

"回家……"

"没有车,你怎么回家?"

"坐绿皮火车啊!"

"什么车都没有了,这可是梦草坊!"

"我自己走回去!"

男孩哈哈大笑起来:"等你走到家,你已经从一个初中生,变成一个讨饭婆了!我现在没工夫跟一个要变成讨饭婆的人闲聊了,我准备找食物去了!再见!"

陶然突然想起大人常说的一句玩笑话:"理想很浪漫,现实很骨感。"陶然一下子站起来,她有点愤怒了,这哪里是一句玩笑话?一点都不好笑!这句话就是为她陶然准备的,等到她坐在草地上,肚子饿得咕噜叫的时候,让她想起来嘲笑自己的。

愤怒解决不了饥饿。越是愤怒,消耗越大,就越饥饿。陶然看见一座草棚前聚集了一些人,在人群中有一缕蓝烟冒了起来,引起一阵惊叫声。

陶然不由得站起身，盯着那缕蓝烟走去。那是 B36 号草棚前冒出的烟。一群男孩和女孩围着蓝烟升起的地方，围得很死。陶然不好意思挤进去，也挤不进去。她把脚跟抬到极限，想从人缝中看清人堆里发生了什么。

随着围观人群中发出又一阵尖叫，有人大喊起来："快着了快着了！""加把劲儿！""快啊！再加一把劲儿！"

因为兴奋和骚动，铁桶一样的人群开始松动变形，有了一个缝隙。心急的陶然见缝插针，像一条鲶鱼一样钻进人堆里了。

一个男孩跪在地上，拼命用两手搓动一根带尖的硬木，另一块木头被男孩手里的木头钻出了一个黑洞。蓝烟，就是从木洞里冒出来的。木头的旁边，放着一小团明显被揉搓过的干草，还有几条白色的棉布条。在那个用手搓木头的男孩身边，也跪着一个男孩，他穿着的白背心下摆处，被撕掉了一块。

陶然明白了，他们在钻木取火，这是中国古人就会的取火办法。搓木头的男孩在呐喊声中，低头吹了几下冒出蓝烟的地方。火光一闪，一团暖暖的光在布条和干草中醒来。那个累得满头大汗的男孩站起来,他比一般的男孩要高大一些。陶然认出,他就是在梦草坊车站欢迎人群里的那个熟悉的人。

在大家生火的时候,陶然问他:"你是大熊?"

他低头看着陶然,不说话,只是摇头。

"你就是大熊!对不对?"

他还是摇头。

这时,一个女孩对陶然喊道:"他不叫大熊,他是取火大师!"

几个男孩同时说:"是我们的取火大师!"

取火大师笑起来,很腼腆,很内向。陶然说:"我知道你是大熊!我们是一个学校的!我见过你,知道你!"

取火大师像是没听见陶然的话,又像是对她的话一点兴趣也没有。他好像对"过去"没有记忆,或是想忘记过去,只拥有现在。在陶然看来,他的脸已经被燃起的火苗照得变幻无穷,一会儿是大熊,一会儿是取火大师。

他的脸上有一种表情,是确定无疑的,那就是满足。

有人拎着用草穿起的两条鱼跑来了:"看看我捞到的

鱼！大家让开让开，我要在火上烤鱼了……"

陶然看见取火大师帮着捞到两条鱼的男孩把鱼从草上摘下来，挂在一根木棍上，举到火上烤。

火堆旁聚集了更多人。取火大师的火，成为梦草坊的火种。有人很快拿来蘑菇，也在火上烤起来。鱼和蘑菇的香味四处散开，让大家不停地翕动鼻翼。一直在围观的人不再欣赏，而是奔向河边，跑向草地。

陶然发现，大多数男孩都去河边捞鱼去了，大多数女孩都去草地里寻找蘑菇。陶然跟大多数女孩的想法一样，认为捞鱼比寻找蘑菇复杂，去草地里找蘑菇要简单多了。

在草地里，女孩们很认真地弯腰寻找蘑菇，样子就像是在草地里埋头啃草一路向西的羊。陶然明白了一个道理，人在认真寻找食物时，比任何时候都像动物。

她必须要找到蘑菇。陶然对蘑菇的记忆和经验，都是从图画书中获得的，它们五颜六色，头上顶着一把漂亮的伞。它们常常被画家绘成笑脸，迎接吃饱了肚子的小女生。它们在画中不是食物，而是充当花卉陪伴小公主。现在，蘑菇们都跑到哪里去了？难道它们长腿了？看见饥饿的女孩们，都吓跑了？陶然看见一个女生在烤蘑菇，那蘑菇长相很难看，灰灰的，朴素到让人发现不了它。

图画书里的蘑菇跟现实生活中的蘑菇，也相差太远了吧！陶然像猫一样在草地里转，就想找到一个难看的蘑菇。

它可是饭啊！因为找得太投入了，陶然低着的头跟另一个女生的头撞在一起了。两个人朝两边倒下，咧着嘴，手捂着自己的头，一个大喊"妈呀"，另一个大叫"疼死我了"！

两个倒霉的女孩把最初的疼痛熬过之后，才仔细看对方的脸。结果，她们都从对方的脸上看见了五个字：我要饿死了！

陶然先问对方："找到蘑菇了吗？"

女孩伸开两只手，空空的。根本不用说多余的话。陶然说："蘑菇都藏到哪里了？"女孩说："咱们应该去人多的地方吧？有蘑菇的地方，人肯定多！"

陶然觉得女孩说得有道理，就站起身，观察一下哪里人多。结果，她发现草地上的人很分散，像是散开的蚂蚁。他们在草地上蠕动着，急切地寻找着。

就在这时,陶然身边的女孩发现了一个蘑菇,大叫一声,像一只猫一样扑了过去。女孩惊喜的叫声和敏捷的动作,让陶然大吃一惊。

"天啊,一个蘑菇,让一个可怜兮兮的小女生,变成了一只恶猫?!"陶然一脸的惊愕,嘴都合不上了。

"小恶猫"惊喜地说:"对不起,我不能陪你找蘑菇了,我要去烤蘑菇了,我快饿死了……"说着,"小恶猫"在草地上蹿了几蹿,就不见了踪影。

"小恶猫"的突然出现和突然消失,让陶然更焦急、更孤独了。陶然找了一会儿,眼就盯花了,她以为是蘑菇的东西,抓起来一看,是跟蘑菇大小一样的别的什么植物。连着认错几次蘑菇之后,陶然眼里有泪了,低声哭了起来:"我饿了!我真的饿了……"

"我终于等到你陶然哭了!"

陶然身后一个人说话了。陶然一回头,是失踪了几个小时的梦见刃。陶然一看见梦见刃,就像鹿一样蹦起来:"你跑哪里去了?为什么不管我了?你知道不知道,我已经很饿很饿了!这是什么地方啊?连吃的东西都没有……"

陶然快把梦见刃的衣服抓掉了,还疯狂地去抓梦见刃的头发,当她的手触摸到梦见刃的光头时,她才清醒过来:"你刚才说什么?你说你终于等到我哭了?难道你一直在等我哭吗?你究竟什么意思啊?"

梦见刃在陶然用手粗鲁地抓他时,一动不动。等陶然的疯狂稍微平息一点的时候,他才说:"我以为,你这样的女生,不会求人,高傲,在这个世界上会很好很舒服地活着,不会有烦恼,更不会有愤怒,一生都不会疯狂。没想到,你一个早晨没有饭吃,就疯了!"

陶然听了梦见刃的话,像被电流击中了,呆呆立在那里,喃喃自语:"你说,我疯了?……"

"你刚才确实疯了!"梦见刃在发现陶然身上的弱点并挑明后,脸上竟然浮现出令陶然感到很熟悉的笑容。

"看见我疯了,你还能笑出来?"

"我看见了一个人的弱点,为什么不开心?"梦见刃的话,又让陶然有些发愣。陶然的本性让她做出了反击:"你没弱点?"

"有啊!"

"你有什么弱点?"

梦见刃摸了一下自己的头说:"我从生下来就没有头发!邻居都叫我鸭蛋,同学都叫我没毛大圣。"

"为什么叫没毛大圣?"陶然想笑,聊到别人的缺点时,她总会很开心。

"虽然没头发,不影响我有本事!"

陶然接口说道:"没毛大圣,你有本事,我现在很饿了,眼都饿花了,能让我吃点东西吗?"

"瞧你,跟人家要饭吃,还叫人外号!"说着,梦见刃转身走了。

陶然跟在梦见刃身后,问道:"你生气了?"

梦见刃说:"生什么气啊!跟着我,找蘑菇!"

陶然跟着梦见刃果然找到了蘑菇,梦见刃还让陶然知道了草地上有很多种蘑菇,有可以食用的蘑菇,还有可以毒死人的蘑菇。能吃的蘑菇大多长相不好看,而不能吃的、毒性大的蘑菇却美丽诱人。

"你是说,画中漂亮的蘑菇都是毒蘑菇?"

"看来,你不虚此行!"

"你好像什么事情都知道!"陶然有点佩服梦见刃了。

"过奖,天下的事情,只知道一半!"

"那么谦虚?"

"我知道地上的事情,不知道天上的事情。所以说,我只知道天下事情的一半!"

第一次,陶然早餐吃了三个自己找到的没有毒的蘑菇。她才知道,在胃里空空的时候,三个蘑菇也很香。它们进入她的胃里,就像三个小熨斗,熨平了她的疯狂。

陶然也品尝到了羞涩和不安。

漂流

上午十点，那些光头服务生竟然奇迹般地一同出现了。陶然生气地问一个光头服务生："我们没东西吃的时候，你们在哪里？我饿的时候，一个光头都不见，现在，你们一下子都出现了！你们是梦草坊的服务生，不是梦草坊的捣蛋鬼！"

光头服务生一点都不生气："我们见到太多生气的女生了！你们真的爱生气，好像这个世界总是欠你们的，我想问，这个世界欠你们什么了？你饿了，肚子瘪了，就该找食吃啊！

"我们早就告诉每一个来到梦草坊的人,河里有鱼,草地里有蘑菇,自己没有能力找到它们,饿了,怨谁?来到这里的每一个人,都要学会自己动手,而不能只是伸出手,向别人要饭!我想说,你们还不知道下一顿饭有没有着落,就别纠结早餐了!"

"你……"光头服务生的话,噎住了陶然的嘴,也封住了陶然的思维。她看见这个光头服务生转身离开时,又被一个小女生拦住了。小女生板着脸,不知道在问光头服务生什么。陶然能够判断出,这个女生,也是在这个早晨被饿坏了,肚子里可能连一个蘑菇都没有。光头服务生只跟她说了一句话,就摆脱了她,走掉了。

陶然问那个女生:"你早上没吃东西?"

女生的脸上没有一点怨气:"吃了,我吃了整整一条烤鱼!"

"你说,你早上吃了一整条烤鱼?你是买的吗?我们到这里,什么都不让带啊,你怎么会吃到一整条烤鱼?"

"我自己捞的!男生和女生都算上,我是第一个捞到鱼的!"

"你是……怎么捞到……鱼的？"

"我在河里找了一处浅水小湾，用石头和泥围了一座小城，留一个进口，在进口处，用泥修了一个甬道，用手拍平，让它变得很滑，鱼很容易滑进我的小城。鱼一旦进了我的小城，它就在里面转圈，再也转不出去了。第一条进去的鱼，就是我的早餐了。我把小城垒好后，就坐在河边上等着鱼进城了。很简单的，就像玩游戏！"

"捕鱼女神……"陶然脱口而出。

女生笑起来："会捞条鱼就成神了，那人人都是神，哪里还找得到人呢？"

陶然一下子又想到了大熊，他被梦草坊的人称作取火大师，现在，又出现一个捕鱼女神，还会出现什么？不可预知。从刚才光头服务生对自己的"教训"，到捕鱼女神的出现，陶然第一次觉得自己可怜。

可怜的感觉，从她有记忆的时候起就没有过。它的出现，让陶然心慌了。

这时，一个光头服务生喊道："到我这里来一下！集合一下！我要向大家传达一个通知！"

陶然觉得梦草坊的光头服务生从十米远的距离看上去,长相一样,光着头,晒得黑黑的,走近了看才有区别。这个大声喊话的光头服务生,耳朵比常人大一倍,像某位电影中出现过的给人印象很深的人。他的嗓门那么大,躺在草棚里的人都听得见。大家朝他围拢过去。大耳朵拿着一个绿色大喇叭,是用某种宽大的植物叶片做成的喇叭。他的声音冲出来时,绿叶喇叭的边缘会颤抖起来,像是在美化大耳朵的声音:"大家到齐了吗?我要传达一个重要通知!上午十点一刻,我们出发,进行一次艰苦的漂流!艰苦的漂流!"大耳朵把艰苦的漂流说得非常轻松,像是在说一人一份奶酪比萨。

话音未落,人群不安地骚动起来,怨声四起。

"漂流?还没吃饱肚子,哪里有力气漂流?"

"我们能不能先吃饱肚子再说漂流?!"

"我不去漂什么流,我要休息,想法子吃饱肚子才是正事!"

"谁愿意饿着肚子去漂流谁去!反正我不去!"

…………

陶然跟大家的感觉一样，饿着肚子，什么也不想做，什么也不能做。大耳朵放下手里的绿喇叭，脸上一副耐心的职业的微笑。他在等人群中的不满声浪小下去。饿着肚子的男孩和女孩果然连埋怨都坚持不了多久。他们没劲再吵了，声浪小了，平静下来……

大耳朵再次把绿喇叭放到嘴边："大家累了吧？你们累了，就休息一下，听我说！"在大家吵嚷时，陶然并没有说话。现在，当她听到大耳朵让大家的嘴巴歇一下听他说时，她习惯性地问道："你要说什么？快说吧！"

大耳朵看着陶然说："我想对大家说……"

刚说了半句，声浪又翻腾起来："说什么？快点说吧！""真啰唆啊……""再啰唆，我们饿死了！"……

大耳朵真的有耐力，比跑马拉松的选手还有耐力。他又把绿喇叭放下，微笑着看着大家。这时，有人主动在劝身边的人："都别说了，听听他说什么！"

大耳朵举着绿喇叭，声音伴着绿喇叭的颤动送到大家的耳中："我们今天十点一刻出发，去漂流。每人一只木筏，一根木桨，顺流而下。在有些河段，大家可能会遇到一些困难，大家需要克服这些困难。我想说，木筏，对有些人来讲，只在电影中看到过，木桨，没有几个人摸过，但是，我们今天就要见识一下什么叫木筏，什么叫木桨，什么叫真正的漂流！"

人群中的骚动又开始了，用"暗流涌动"形容更准确。

有人高喊："我放弃漂流！"紧接着，有好几个人都跟着喊要放弃漂流。陶然也在心里喊："我也放弃！我为什么不放弃？！"

这时，她身后有人轻声说话了："为什么不等服务生把通知说完呢？生活节奏快了，就有理由不让人家把话说完吗？"

陶然一回头，是梦见刃。他总是在关键时刻出现。

她把心里的埋怨抛向了梦见刃："你从早上到现在，只吃了几个草地里的野蘑菇，就可以去漂流了？"

梦见刃说："我们都应该等服务生把通知说完后，再决定是否去漂流！"

陶然心里的怨气就像鼓胀的气球，被梦见刃冷静的针捅破了，怨气一下子泄了出来："我就说你是八十岁的人！"

"是吗？成熟？"

"你到底多大啊？"

"我说过的，跟你同岁！"

"你跟我们太不像了！"

"我们？你说的我们就是这些不开心的人吗？"

"是！"

梦见刃笑了："我跟你们确实不一样，我是我。而你们，你们有个外号！"

陶然像受惊的动物一样警觉："我们有什么外号？"

"叫受不了！"

"受不了？！"

"对！你们就叫受不了。一遇到不顺，就受不了！你想过没有？一个人在成长过程中，会遇到很多事，得麻疹、发烧、考试不及格、做噩梦……现在，你们只是要去漂流就大呼'受不了'了……"

这时，大耳朵服务生再次大声问道："放弃漂流的人举一下手！"

有人举手,然后又有几只手犹豫地在人群中竖了起来。犹豫,是因为不知道事情的结局。陶然想举手,放弃这次前途未卜的漂流。她发现梦见刃低着头盯着她的手。

"你不放弃漂流?"陶然问他。

"你要放弃?我说过,你还没听完服务生的通知啊!为什么要跟在几个笨蛋后面举手呢?!"

陶然把自己的两只手握在一起,像是担心其中的一只手不听话,挣脱另一只手,举到空中。

大耳朵服务生喊道:"同意漂流的人请站到我的右边,我们的服务生会在你们的右臂上贴一枚树叶。戴着这枚树叶完成了漂流的人,到达目的地后,会有一顿你们想象不到的午餐等着你们!这是对你们意志力的奖励!"

梦见刃不说话,只是向陶然做了一个站到大耳朵右边的手势。"想象不到的午餐"广告效应很强,让百分之百的人都跑到了大耳朵的右边站立,他的左边,空无一人。

大耳朵服务生笑了。梦见刃也偷偷地笑了。

光头服务生们带着人赶往河边后,所有人都站在那里发蒙了。木筏,就是一块十几厘米厚、三十厘米宽、两米长的木板，木板上横着一根木棍，就是木桨。

大家还以为会有像船一样的木筏等着他们，而现在，在河里等待他们的就是一块块木头板子。

大耳朵服务生站在河边，又补充了一下漂流的要求："请大家记住！漂流的全程为一点五公里，在正常的情况下，中午十二点之前，应该能到达终点！到达终点时，你右臂上的树叶要保存好，你使用的木筏和木桨，要交到终点服务生的手里。再说一遍，到达终点时，右臂上树叶、木筏和木桨，一样都不能少！"

"如果……少了一样东西怎么办？"有人颤声问道，这声音也代表了很多人想问的话。

"少一样，你就没有饭吃！"大耳朵服务生的回答，很冷，也很刺耳。

瞬间，就有人跳进水里，骑上木筏，抓起木桨，全身使劲儿，开始朝前划去。见到有人下水，站在岸边的人就开始下饺子一样，纷纷下水了。梦草坊的水面上，一时间喧闹起来，大家不像是漂流，倒像是骑着木筏去抢饭吃。

陶然坐到木筏上后，便觉得这次漂流不容易了。木筏左右歪斜，人在上面坐不稳，陶然下意识地把本该插进水里保持平衡的木桨扬向天空，像是求老天爷帮忙，又像是投降。

"喂！"已经冲到前面去的梦见刃喊陶然，"跟我学！"陶然看见梦见刃坐在木板上，用手里的木桨左一下右一下划着水，木筏就很自然地顺流而下。他的动作，像是在水中作画。

好多人落水，像是抱着木板在摔跤。有人落水后惊恐地喊叫，就喝了水，于是不敢再喊叫。大家都没用这么古老的方法漂流过，落水声和尖叫声此起彼伏。陶然偷偷地看了一眼岸边，光头服务生们树一样立在岸上，笑着目送他们。

那个住在A37号草棚的女生划到陶然身边时，用力过猛，翻到水里了。她本来骑在木筏上，现在木筏骑到了她身上。她从水里钻出来，想坐到木筏上，那个木筏像是故意欺负她，她还没骑上去，又翻进水里。

陶然心里为她着急，别说到达终点吃到那顿意想不到的午餐了，刚刚漂流，就要被淹死了！

陶然正想着，住 A37 号草棚的女生爬到木筏上坐正了身子，开始用木桨左一下右一下划水了。木筏向前漂去。她还大声地叫道："我的木筏漂起来了，漂起来了！"

漂流刚刚开始时出现的混乱场面渐渐平息，水面上横七竖八的木筏子不再相互碰撞、拥挤堵塞。大家都渐渐摆正了木筏，顺流而下……

陶然和几个女孩的木筏漂流在后面。漂在最后的是个女生，她白白的、胖胖的，一边胡乱摆动着木桨，一边流眼泪。她的木筏漂在最后的原因很简单，别人的木筏都是向前漂流，而她的木筏经常在水面上打转。等她的木筏摆正了，别人的木筏又漂出一段距离了。

陶然和一个女生在倒数第二和第三的位置，她们俩除了看见胖女生在哭，还能听见胖女生开始哭诉："这是什么破地方？怎么没人管啊？我在家都是我家保姆开车接送我，书包都是保姆给我背的，我哪里划过木筏子啊？超过时间，还不给吃的，为什么啊？这是什么鬼地方啊？妈啊，爸啊，你们在哪里啊？你们知道我在受苦吗？我快淹死了……"

陶然对胖女生喊道:"别哭了,留点劲快点划吧!再说了,水很浅,淹不死人的!"

胖女生听见陶然的喊话,擦了一下脸上的泪,停止了哭诉,开始使劲挥动起手里的木桨。

等她们渐渐适应了木筏和手里的木桨时,漂流已经过半了。但是,新问题出现了,陶然发现,在河道的一个转弯处,很多木筏都堆积在一起了。它们就像一口大锅里煮的饺子,在锅底粘住了,不动了……

陶然的木筏,也成了一个转不出去的饺子。

很多人站了起来,望着眼前的情景发呆。原来,他们到达了乱石堆积的河段。河道里满是奇形怪状犬牙交错的石头,水无奈地从它们的缝隙中挤过,像是在给乱石交买路钱。

无法漂流的河段,足足有三四百米长。

有两个力气大的男孩商量了一下,决定扛着木筏拎着木桨涉过艰难的河段。大家看着他们两个扛起了木筏,踩着乱石,朝下游走去。

"为了午饭,他们两个拼了!"

有人效仿他们，把木筏扛在肩膀上，但是，很快就龇牙咧嘴地扔掉了。看着只是一块木板，被水浸泡后，死沉死沉，从未负重的肩膀，根本承受不了它的重量。

女生们连试一下的想法都没有，她们早就死心了。

胖女生是最后一个看到这情况的。当她明白了严酷的现实后，开始大哭起来。刚才，她远远看见这里有这么多人，以为要到达终点了，心里一阵惊喜，等认清形势后，惊喜就变成惊吓了。她的哭声，给在乱石河段里漂流的人带来了绝望。

陶然想扔掉木筏和木桨，走向终点。有这种想法的人，不在少数。但是，他们很快就放弃了走向终点的念头。河的两岸无路可走，杂草和水喂养的低矮的杂树丛密布，插脚的地方都没有，让人寸步难行。河流，是大自然开辟出的唯一的路。

最后，女孩们的哭泣，让男孩们做出了决定，放弃木筏，保留好自己右臂上的树叶标志，沿着河道走向终点。又有人提出一个现实问题："我们走过这段乱石河段，到了水深可以漂流的河段，难道要游到终点吗？"

听见这句话,女生的哭声又大了起来。

在前面七八十米的地方,两个扛着木筏的男孩,已经扔掉了肩上的木筏,他们扛不动了,也放弃了。

有个男孩喊道:"我管不了这么多了,走到哪儿算哪儿!"说着,沿着河道朝下游走去。马上有很多人跟随在他身后。

梦见刃跳到一块大石头上,冲着乱哄哄的人群喊道:"先别走!就这样放弃了?你们就这样轻易地放弃了?也许,放弃了木筏和木桨,就是一个天大的错误!"

陶然仰头问梦见刃:"别说空话,你有办法吗?"

"不走,就饿死在这里,我早上就没吃东西了……"

"不走,你有办法?"

梦见刃从石头上跳下来,把自己的木筏立了起来:"大家看!"

"让我们看什么?你立起来的是滴油的猪大排吗?"

"是啊?它是肉吗?你准备让我们啃你的木筏充饥吗?"

陶然催促梦见刃:"你想说什么?快点告诉大家!"

梦见刃指着自己的木筏说:"你们发现了什么?"

最没有耐心的几个男孩嘲讽道:"我们发现了,它不能吃,它不是猪排!""你的牙齿锋利,留着你自己啃吧!"……

听到这些话,梦见刃并不在意,脸上仍浮现出笑意:"我想让你们看清,这个木筏上有一个洞,你们每个人的木筏上都有洞!"

大家看见梦见刃的木筏上和自己的木筏上果真有一个不大不小的洞,就像船头上的锚孔。

有人大声问道:"我们都看见洞了,它有什么用?!""我能从这个破洞里看见炸鸡和可口可乐吗?"……

梦见刃很有耐心地说道:"你们暂时看不见炸鸡和更多好吃的东西,但是,这个洞,给我们带来了思路!我们可以用绳子穿过这个洞,拽着木筏,走过这段难走的河段!"

"哪里去找绳子?""是啊!这里哪会有绳子?!"……

梦见刃指着岸边说:"用粗一点的柳枝,穿过木筏的洞,就可以拖着木筏走了!"

听见这句话,大家兴奋起来,纷纷去找柳枝。

陶然问梦见刃:"你是不是早就知道木筏上有洞,可以用柳枝穿过去,拖着木筏走?"

梦见刃说:"现在,不是你怀疑我的时候!你应该跟大家一样,去找柳枝!"

在大家寻找能当绳子用的柳枝时,梦见刃还强调了取材的原则——一定要留下柳枝粗大的根部。当柳梢穿过木筏上的洞时,粗大根部是穿不过去的,就会卡在洞上,这和把绳子打一个结的道理一样,只要拽住柳枝的细头,就能拖着木筏行走了。

果然是个绝好的方法。

大约二十分钟后,乱石纵横的河道里,用柳枝拖着木筏的人逶迤而行。他们在十一点左右,渡过乱石河段,又可以乘坐木筏,扬起木桨,漂流在水中了。

十二点之前,漂流的人陆续到达终点。所有人都没有丢掉一只木筏、一根木桨和右臂上的树叶标志。

久未露面的坊主奶奶站在岸边,向他们招手微笑,就像什么事情都没发生一样:"一会儿,服务生会带你们吃饭!"

好多女孩又哭了。不知道是喜极而泣,还是因为委屈压抑久了而哭泣。坊主奶奶望着她们,笑着说:"一个孩子,多哭几次,没坏处!"

你是谁？

  陶然问梦见刃，为什么要让大家饿肚子，还要进行这么难的漂流？梦见刃说："这是梦草坊啊！"

  陶然说："真不知道还要经历什么！"

  梦见刃说："看看，看看，饿了一回肚子，又漂流了一次，就忧国忧民了！"

  "你少来！这是忧国忧民？我这是恐惧！"

  "那就让恐惧来得更猛烈些吧！"

  "别幸灾乐祸了！我想问你，晚上，我们就睡在草棚里，没有灯，没有亮吗？"

"来到梦草坊的人,都有灯!"

"灯在哪里?"

"天上!"

"你说的是月亮?"

"不只有月亮,还有星星!望久了,夜空是园子,满是大灯小灯,让人想到这些灯是谁装上去的,要踩多高的梯子啊!"

"还有吗?"

"还有你自己的美梦!"

夜里十点,梦草坊的人都不肯回到自己的草棚里休息,围坐在一起聊天看夜空。梦草坊的夜空确实月大星亮。陶然和一些女孩躺在草地上,仰望夜空,有一瞬间,陶然觉得自己的身体离开了梦草坊,飘离了地球,融进了幽幽的、虚幻的夜空。

夜里十一点,传来服务生的喊声,听声音,是大耳朵服务生:"请大家回到自己的房间!夜里会有露水,房间里干爽!大家都回到自己的房间休息!"

梦见刃对陶然说:"晚安,回去休息吧!"

陶然回头看了一眼一座座夜色中孤独的草棚,想道:"怎么晚安啊?"她没说出口,她不好意思说出口。

很多女孩都不愿意独自睡在草棚里,宁愿跟大家睡在外面的草地上。大耳朵服务生连着喊了几遍,只有零星的男孩回到草棚里,其余的人仍旧赖在外面的草地上不走。

大耳朵服务生见状,突然变了声:"草地里的蛇和狼,在夜里十二点之后,会陆续出来光顾我们梦草坊!请大家回到房间!"

一瞬间,躺在草地上的人纷纷站起来,匆忙回到自己的草棚里。

陶然站在自己的草棚门口,一脚门里一脚门外,她不敢想象如果有蛇和野狼出没,自己躺在草上还能做什么美梦。

陶然的眼睛一直盯着紧邻自己草棚的A37号草棚。捕鱼女神走进了A37号草棚后,就一点声响也没有了。陶然纳闷,她就不怕吗?她除了能抓鱼,胆子也比一般人大啊!陶然又勉强站了一会儿,A37号草棚里还是悄无声息,捕鱼女神真的睡了?

陶然故意大声咳嗽了两下，A37号草棚里没有一点反应。陶然很失落，很孤独……她站在自己的草棚门口，硬挺着。

终于挺不住了，她蹑手蹑脚地走到A37号草棚门口，想冲里面说句话，但是，她说不出来。

草棚里面的人先说话了："谁在外边？"

陶然马上精神起来："是我！你的邻居！A36号草棚的！"

"有事吗？"

陶然又说不出话来了。"我害怕！"这三个字真是说不出口。求捕鱼女神让陶然进去跟她同睡？人家想不想跟她睡在一起，度过梦草坊的漫漫长夜？

"你害怕了？"

"嗯……"

"想跟我同睡吧？"

"是啊！"陶然心里的想法，全被捕鱼女神说中了。

"进来吧！"

陶然早等急了，她是一头撞进去的。她站在草棚里，看见捕鱼女神躺在干草上，两手枕在脑后。草棚一侧半人高的地方，有一扇草窗，没有玻璃，没有任何遮挡物，放任月光自由地进来，明晃晃地照亮了捕鱼女神的脸。

"你是谁？"陶然被捕鱼女神的从容和淡定迷住了，有那么一刻，陶然的眼前有些恍惚。

"你还问我是谁？Ａ37号，你的邻居啊！"

"我好像在做梦……"

"你连睡觉都不敢，哪里还有梦可以做啊！"

说到睡觉，陶然又难以启齿了。她继续等待捕鱼女神的第二次邀请……陶然站在草棚里，背对着那扇草窗，脸是处在黑影里的。

"我看不到你的脸，但是，你难为情的样子，我能想象到。我猜测，你的性格很孤傲吧？很少求人！当然了，在你过去的生活里，什么事情都不用求人。因为，所有的事情都有人替你做好了！所以，你就养成了难为自己的性格……"

"你是谁？"

"为什么老是问这个傻问题？"

"你……也像一个大人！"

"怎么了？在梦草坊，你遇到很多小大人吗？"

"是……"

捕鱼女神动了一下，身下的干草也唰唰响了几声。陶然看见捕鱼女神把一只手从脑后抽出来，平平地伸出来，手心朝上，舒展地放在那里。像是跟陶然友善地示意，来吧，你的枕头摆好了！

"我能睡在这里吗？"陶然说出了这句话。她是在捕鱼女神摆好的"枕头"的鼓励下，才鼓足勇气说出来的。

"当然了！"

陶然小心地跪在草上，向捕鱼女神的身边爬过去，离她很近时，陶然又问了一句："我躺下了？"

"你好啰唆！"

陶然进一步确认："让我枕着你的胳膊？"

"我的胳膊不只给你一个人当过枕头。"

陶然轻轻把头放在捕鱼女神的胳膊上，捕鱼女神用胳膊搂住了陶然，把陶然朝她拉近一点，像一个大人在抱着一个孩子。陶然闻到了捕鱼女神身上的味道——草地的味道,在河水里洗过澡之后特有的味道——这是梦草坊该有的味道吧!

陶然心里一下子踏实起来。

"我爸爸和妈妈在我四岁时就去外省打工了,留下我和弟弟住在爷爷家。当时弟弟一岁,我天天搂着他哄他睡觉。我来梦草坊之前,弟弟不让我走,他已经上小学三年级了,还是离不开我。我跟他开玩笑:'假如家散了,你跟着谁?'弟弟告诉我,他不会跟着爸爸和妈妈,他一定跟着我。他说:'没有姐姐,我睡不着!'"

"他离不开你,你怎么会来到梦草坊?"

"给我那张车票的人跟我说:'我跟踪你很久了,我想让你去梦草坊,让你自己生活几天,你可能会问我,为什么要让你去梦草坊,我想告诉你,你太累了!一个女孩,不该这样累!'所以,我来了!没想到,我的胳膊,还有其他人需要……"

"你还记得给你票的人长什么样吗?"

"男孩,一头黑发,牙很白,健康、乐观,不像我们那个地方生活的人。"

"他有名字吗？"

"有，爱笑就是他的名字！"

捕鱼女神说到那个爱笑的男孩时，胳膊使劲搂了一下陶然，好像为了让她看清自己用语言描绘出的那个男孩。

陶然想到的是，自己五岁后就独立睡觉了，再也没有想念过妈妈的怀抱。现在，她被一个同岁的女孩抱着，她的胳膊很温暖。她需要……

捕鱼女神说完弟弟的事，也就把自己的经历说清了。她不再说话。

"你闭眼了吗？"陶然问。她不想睡，还想听捕鱼女神说点什么。

"都深夜了，瞪着眼睛是不是太傻了？"

"你不闭眼，我会踏实些！"

"数数也睡不着？"

"这办法对我没用！"

"好吧，为了你，我睁着眼睛。"

"还要接着聊天……"

"睁着眼睛聊天，很浪费眼睛啊！"

"我想问你,他们为什么让我们自己找食物,让我们挨饿?"

"这是来梦草坊必须上的一课吧!"

"一课?这叫什么课?"

"饥饿!"

"还有让人挨饿的课?"

"这样的课,你会忘记?"

"忘不掉……"

"第二课,不一样的漂流,教人坚持、不放弃、自救、耐力!在学校里很难学到这些内容!这样的课,你会忘掉?"

"忘不掉!"

"第三课,你也会忘不掉的!"

"梦草坊还有第三课?"

"很期待吧?谁也不知道还有什么课,这就是梦草坊!"

"你说,草棚外面,我们的门外,有蛇和狼吗?"陶然说着,又朝捕鱼女神身边靠了靠。

捕鱼女神发出了一种声音,像是笑了一下:"有我在,狼和蛇都去别的草棚了!你睡吧,看月亮,现在是凌晨一点多了!"

"我闭眼了?"

捕鱼女神用手在陶然的背上抓了一下:"你多可笑,连闭上自己的眼睛,都要跟别人请示吗?"

陶然把眼睛闭上了,很快入睡,她早累了。

梦草坊的夜晚,没有蛇散步,当然,也没有狼。第二天上午八点,陶然睁开眼睛,看到从草棚的窗口射进一道亮亮的光线。她睡得特别好,从没有过这样高质量的睡眠。陶然一夜侧卧,想换一个姿势,就把脸朝向了草棚的尖顶。她这才意识到,自己的头还枕在捕鱼女神的胳膊上。她怕惊醒"枕头",先抬眼看了一下捕鱼女神,发现捕鱼女神已经睁开眼了。也许她早就醒了,在等陶然醒来,不忍心将"枕头"抽走。

陶然一下子坐起身来:"把你胳膊压麻了吧?"

"麻得没有知觉了,就无所谓了!"

"为什么不抽走胳膊?"

"早就习惯了！我跟弟弟睡时，我一抽走胳膊，他就会醒。他在梦里玩累了，饿了，还要啃我的胳膊，像吃肉那样哼哼唧唧，还吧唧嘴！口水都流在我的胳膊上……"

陶然听到这儿，看了一眼捕鱼女神的胳膊，发现自己昨夜枕过的捕鱼女神的袖子湿了，不好意思地说："它湿了……"

捕鱼女神抬起胳膊看了看湿了的地方："哦，你也流了很多口水啊！"

陶然一走出A37号草棚，就发现一个男孩站在那里，把她吓了一跳。她以为那是把黑发染成绿发的秦子悦。

"你……"

他把绿色假发摘掉，露出光头。是梦见刃。他的头上扣着的是绒草编的帽子。

"你好像很吃惊啊？"梦见刃说道。

"你如果是一头黑色浓发，跟我的一个同学的相似度是百分之九十九！"

"是吗？"

"刚才看见你，把我惊着了！"

"是吗?"他在使用疑问句的时候,眼睛却告诉对方,他并不觉得奇怪。

"你是谁啊?"

"梦见刃!"

陶然摇着头,不知道自己为什么爱问这样的话——"你是谁啊?"她是怀疑自己的眼睛,还是怀疑自己的大脑?

"你在怀疑人生吗?"梦见刃问她。他一脸谜语,让陶然觉得梦见刃这个谜面,根本就没有谜底。

"我不知道……"陶然说。她确实不知道。

玫瑰勇士

所有人都没有料到，梦草坊除了有草地、河流，还有葡萄园。葡萄园在山后。大耳朵服务生又站在草地上，手上拿着植物绿喇叭冲着一排排草棚播报通知。

一听说今天去葡萄园，男孩比女孩还开心。有个男孩站在自己的草棚前面，双手掐腰，大声吼道："我已经几天没吃到水果了！我要报复性地大吃一顿！"

梦见刃自己编了一顶草帽，也递给了陶然一顶草帽。梦见刃自己的草帽像头发，给陶然的草帽看上去也像头发。

"我不戴！"陶然看了看梦见刃为自己编的草帽，没伸手接。

"不想戴？"

"难看！"

梦见刃没扔，也没给别的人，用手捧着，对陶然说："我给你拿着，你如果想戴，就找我！"

"不戴！"

陶然的语气很决绝。但是，梦见刃还是捧着草帽，把不如意的地方修正了几下，让草帽看上去更美观一些。

这时，大耳朵服务生的声音又传了过来："葡萄园在两座山的后面，我们需要步行两个小时左右才能到达。今天的阳光特别强烈，希望大家能做好防晒。最好的方法是就地取材，编一顶草帽，戴在头上，很管用！"

陶然侧脸看着梦见刃："你是预言家吗？怎么会知道要编一顶草帽？"

梦见刃抬头望着没有一丝云彩的天空："在梦草坊，只有草帽可以遮挡阳光！傻子都该想到，根本不用麻烦预言家！"

"你是说，我还不如傻子？"

"我没说你！"

"你就是说我！"

梦见刃换了一个话题："戴上吧？"他把手里的草帽递给陶然。

陶然说："不戴！"

陶然心里明白，她有拒绝别人的习惯。不管对方的建议是不是有道理，先拒绝再说。

梦见刃说："八点半的阳光还不算太晒，到了九点半你会受不了的！再说了，一个人最初对一件事情判断错了不要紧，改正了就好！"

"说什么都没用，不戴！"陶然知道梦见刃指的是什么，但仍固执地拒绝了梦见刃。她在捍卫一个女孩的什么呢？

大家都想吃葡萄，所以向葡萄园行进的速度比较快。

有个男孩问光头服务生，葡萄园有多大？葡萄有多大个儿？……问话的男生四肢细长，还拍着自己的肚皮说："我这个肚子，能装几斤葡萄？"

光头服务生只是笑，不答。

九点多钟，强烈的阳光把草地晒热了，每一根草都抖擞精神，也开始散发热量。通往葡萄园的路上，只有少数人没戴草帽，其中就有陶然。

陶然感到了闷热，她想编个草帽，戴在头上遮挡一下火辣辣的阳光。但是，她拒绝过梦见刃，不想认输，只能硬着头皮赶路。她心里有点懊恼，是恼自己。拒绝别人是她的习惯，无故拒绝别人是她自己意识到了又不想改的习惯。就像一个人驾驶一辆车，以为能驶过前面那道水沟，却陷进去了，自己出不来，只能无奈地等着别人帮忙捞。

梦见刃追到她身后，把手里的草帽扣在了她的头上，然后就一声不响地快步赶到前面去了。陶然站在那里，手扶着头顶上的草帽，已经感觉到草帽带给她的阴凉和舒适，她没摘下来。

捕鱼女神看见了陶然的草帽，说了一句："很好看啊！"

陶然凉快了很多，草帽和捕鱼女神的溢美之词，就像徐徐吹来的凉爽的风，吹到她脸上，扑到她心里，她也是第一次体会到，认输也没什么大不了。

这时，赶到前面去的梦见刃回头看了一眼陶然，陶然跟他的眼神一撞，朝他笑了一下，算是感谢。梦见刃也笑了，接受了感谢。

陶然知道自己在用笑来回报梦见刃的可爱草帽。

在草地上行走，又被太阳曝晒，眼看着面前的山很近，就是走不到。你越是面对着山快走，累得气喘吁吁，山越是故意气你，朝后退，像是跟你说，走不动了吧？……有个男孩在行进的队伍里唠叨："要不是想吃葡萄，我才不走这么远的路呢！"

绕过山丘之后，就可以看见葡萄园了。人群扎堆了，人们望着不远处的葡萄园，忘了太阳的曝晒，忘了埋怨，忘了劳累……眼里、心里全是葡萄园和靠想象放大的一串一串的葡萄。

"大家别跑！别急啊，跑急了容易中暑的！"大耳朵服务生看见有人朝葡萄园跑去，想阻止他们。激动的情绪很容易传染，很多人也跟着朝葡萄园跑过去。

陶然也受了影响，想跟着跑，却被捕鱼女神伸手拦住了："为什么要跑啊？现在的葡萄园，远距离欣赏，才美！"

陶然说："大家好像都急着吃葡萄，我也想吃啊！"

梦见刃没跑，听见她们俩的对话，哈哈笑起来。

陶然问梦见刃："你不跑，笑什么？"

梦见刃说："这个季节，葡萄还不能吃！"

"为什么不能吃？"

"因为葡萄还是青的，很酸！"

"没熟？"

"按照人的年龄算，现在的葡萄可能就你这么大！"

"像我这么大？"

"像我们这么大！青青的，吃了涩，麻嘴，想咽，咽不下去，想吐，酸涩又沾在嘴里了，让人尴尬的年龄。"

陶然站住了，摆出一副要跟梦见刃认真理论的架势："你是说我，还是说葡萄？"

梦见刃的脸上有笑容，话却严肃："其实，我想说人。"

"你说我是酸葡萄？"

梦见刃说："看见你，怎么也不会联想到甜葡萄！"

这话又惹到陶然了，她瞪着梦见刃说："我为什么要成为甜葡萄啊？"

梦见刃指着不远处的葡萄园说："葡萄园快到了，去看看我们自己吧!"

"我们自己?"

"都是酸葡萄啊!"

梦草坊的葡萄园里,果然都是青青的酸葡萄。有急嘴的男孩摘了青葡萄就朝嘴里塞,接下来的表情便是皱眉、愣神、浑身哆嗦一下,把嘴咧到极限:"涩啊!……酸啊!"

葡萄园里的青葡萄跟这些孩子一样青涩。

陶然看见,热情似火的男孩冲进葡萄园,就像是一群冲进葡萄园寻找肉骨头的狗,乱撞一气,然后耷拉着头走出来。

有一个男孩很夸张地吐掉嘴巴里的酸葡萄,大叫道:"让我们来这里干什么?吃酸葡萄吗?!"

大耳朵服务生忍住笑对大家喊道:"你们根本不等我说话,就冲进葡萄园里了!这只能怪你们自己心急,嘴馋!"

那个还不停吐酸葡萄皮的男生说:"不让我们吃葡萄,领我们到这里做什么?"

这时,陶然看见一个高高大大的男生站在葡萄园里,一动不动,像长在葡萄园里的一株植物。

她冲他喊道:"大熊!"

来梦草坊的人里,就属大熊的个子高,很好认。大耳朵服务生问她:"谁是大熊?"陶然指着葡萄园里高高的身影:"他是大熊啊!"

"他叫取火大师!"

"他叫大熊!"

"我们只叫现在的名字,不叫过去的名字。再说,我们不会记住他过去的名字的……比如我吧,我不记得自己的名字了,只知道大家叫我大耳朵。"

陶然脸色变了。"你等等,"她用手指点着自己的鼻子,"我叫什么?"

大耳朵服务生笑了一下:"你过去叫什么,我不关心。我只知道你现在叫什么。你看见这些人了吗?他们的名字我都能叫出来,现在的名字!"

陶然指着自己鼻子的手没放下:"我叫什么,我现在叫什么?我怎么不知道?"

"大家叫你凉花!"

"什么什么？叫我凉花？这是什么名字？谁叫了？谁这么叫了？我本人怎么不知道？"

大耳朵服务生说："这不奇怪，大家在你背后是这么叫的！"说着，大耳朵服务生跑向人多的地方，给大家讲参观葡萄园的要求和注意事项。

陶然喊住梦见刃。她的脸色非常紧张，被梦见刃发现了："你怎么了？脸色不对啊！"陶然两手在脸上摸了一下，像是洗了一下脸："我想问你，我叫什么？"

梦见刃说："为什么问这个问题？你是考我的记忆力吗？"

"我叫什么？"陶然的脸色更加紧张了。

"你要吃我吗？"

"别废话，我问你，我叫什么？"

"凉花！"

"你再重复一遍！"

"凉花！"

陶然不得不相信自己的名字了："多难听的名字，谁起的？"

"大家起的名字！"

"这名字，凉花，像我吗？"

"不是像，是太像了！"

陶然坐在地上，腿发软。梦见刃问她："没事吧？"陶然说："我想坐一会儿！"梦见刃说："你可能从居住地走到葡萄园，累了！"陶然抬头又问了一句："为什么叫我凉花？"梦见刃的回答让陶然无话可问了："因为，大家觉得你就该叫这个名字！"

这时，有几个光头服务生把取火大师搀出了葡萄园。因为他像当初钻木取火那样又遭到了围观，他站在葡萄园里，大把大把朝嘴里塞发青的葡萄，他的嘴巴就像是一台没有感觉的机器，吞进青葡萄，连渣都不吐。

他吃葡萄的气概，把人们都惊住了。

"你不觉得酸吗？""不涩吗？""你不倒牙吗？"……取火大师用满足的口气说："甜，好吃啊！"

大耳朵服务生走到取火大师面前，很有经验地说道："张开嘴，让我看看！"取火大师把嘴巴张开："啊——"

大耳朵服务生朝取火大师嘴里窥探了半天，说道："跟所有人的嘴一样，没多出什么，也没少什么！"

大耳朵服务生转头喊梦见刃："你看看取火大师的嘴有什么不同，它为什么不怕酸不怕涩？！我估计，它对麻和辣也不会在乎！"

梦见刃只看了一眼取火大师的嘴巴，便说道："他的嘴，压抑太久了，嗅觉和味觉被封闭太久了。来到梦草坊，它的嗅觉和味觉被彻底解放了！"

"解放了味觉和嗅觉？为什么会这样？"

梦见刃说："因为自信！他过去从没有这种自信！是取火大师这个牛气冲天的名字，让他完全变了一个人！"

梦见刃的话，感染了很多人。陶然站起身，走到取火大师面前，问道："取火大师，你认识我吗？"

取火大师点头。

陶然想证明刚才的困惑："我叫什么？"

"凉花！"

陶然转头看梦见刃，梦见刃向她点头，用点头告诉她，不用再证明这件事了，你现在就叫凉花！

陶然再次坐在地上，她的腿还是发软。梦见刃走过来，坐在她身边:"现在,你该去葡萄园里看看,而不是在这里纠结自己的名字。再说了,这个名字是不容易改掉的!"

"你让我去看葡萄园里的什么,还不能吃的青葡萄?"

"去看看吧,走一走,转一转,会有收获!"

梦见刃伸出手把陶然从地上拉起来。陶然走进葡萄园。"你发现这个葡萄园有什么不一样吗?"梦见刃跟在陶然身后,小声问道。

陶然观察着四周,搜索着关于葡萄园的记忆:她跟着爸爸和妈妈去过两个葡萄园实地采摘,在电视上看见过法国秋天的葡萄园和葡萄酿酒过程……然后,再没有其他记忆了。

她对梦见刃说:"这个葡萄园,没什么不一样啊!"

"再仔细看看!"

陶然独自去葡萄园里转,转得很慢。她看见几个女孩把鼻子凑在一嘟噜葡萄上,只是闻,不敢吃。那样子很可笑,像是一只小狗闻一块冒着热气的骨头,怕烫,不敢吃。

几个没胆量的男孩围在取火大师身边,继续盯着他吞咽青葡萄。

陶然没发现这个葡萄园有什么不同。她从葡萄园里走出来,在离葡萄园有二三十米远的草地上又坐下了。

阳光下的葡萄园,大片的绿色像在享受阳光,看久了,又像是在跟炎热抗争。陶然坐在那里胡思乱想时,她眼前突然亮了一下。她被不易察觉的一点红色吸引了。那点红色,就像是年画上那个中国胖男孩脑门上的吉祥红点。

她站起来,又向葡萄园跑去。她猛然站住了。

陶然果真有了发现。她看见在一排排葡萄架的前面,种着一丛红玫瑰。是为了美化葡萄园吗?她问自己。

接下去,陶然又有了一个新发现:玫瑰花开得鲜艳,它旁边那架葡萄的叶子和果实也长得好;另一丛玫瑰花病态发蔫,它旁边的那架葡萄叶子也发黄,耷拉着,提不起精神,像是患病了……

这个发现让陶然激动起来,她开始快步在葡萄园里穿行。最后,她得出一个结论,凡是旁边的玫瑰花枯萎了的葡萄架上的葡萄长势都不好。

陶然开始在葡萄园里寻找梦见刃,想告诉他,她有了新发现。奇怪的是,陶然想要见他时,他总是在她的身后出现。

"你肯定发现每一架葡萄前面，都有玫瑰花，而且还发现，如果相邻的玫瑰花枯萎了，葡萄便也打不起精神了！"

陶然问："我还想知道的是，为什么葡萄架前要种玫瑰花？"

"玫瑰花会生病，就像我们的身体会被细菌侵犯一样。玫瑰花是比较敏感的植物，一只天上的飞鸟在它身边落一下，就会把身上携带的细菌传染给玫瑰花。风也会把玫瑰花最怕的细菌带来。它通常比别的植物先得病。只要发现玫瑰花病了，就该给葡萄洒药了。你看见有的玫瑰花枯萎了，可是你不知道，挨着它的葡萄，已经洒过药了。"

陶然感叹道："玫瑰花不只是好看，让人们用来表达感情，它还是葡萄的医生？"

"它也是勇士！"

"玫瑰花让我想到了天地蛛……"陶然看着跟记忆中完全不同的玫瑰花，突然想起那只死掉的天地蛛。

那天，陶然专门采了一把已经"牺牲"了的玫瑰花，

回到 A36 草棚。太阳落下去了,她也没感到黑夜降临,没有恐惧,没有孤独。夜里十二点,从 A37 号草棚传来捕鱼女神的喊声:"今天你不来吗?"

陶然躺在干草上,回应道:"我自己睡了!"她心里知道,自己并没有一个人睡,伴她入眠的还有玫瑰勇士。

寻找小黑

陶然独自在 A36 草棚醒来,感觉梦草坊的每一天都不同了。她凝视了一会儿身边的玫瑰花,在心里对它说了一句"谢谢",然后小心地把它捧起来,将它插在裸露的草窗上。微风一动,玫瑰花瓣也微微抖动,像正在醒来,跟清晨打了一个情意绵绵的招呼。

这个早晨,陶然和所有梦草坊的人得到了一个意外消息——小黑丢了!

几个光头服务生逐个草棚通知,动员所有人:寻找小黑!

"小黑？小黑是谁？"这是听到通知的人都有的疑问。

"都去河边集合，会有人跟大家说清楚这件事的！这是梦草坊从来没有发生过的事情！"

人丢了，怎么说都是一件大事。

当所有人都聚集到梦草坊河边后，坊主奶奶来了。她像是担心自己走得急会摔倒，拄着一根拐杖。坊主奶奶站在大家面前，先是喘息了片刻。太阳的光线，照在她脸上，让所有人都看见了她脸上的焦虑和伤心。

大耳朵服务生用绿色的植物喇叭大声说道："坊主奶奶来了！请她讲一下今天突发的事件！"

坊主奶奶把拐杖挪到前面，用两只手拄着，样子像是握着一把利器："请大家朝我跟前围拢一下，我声音小……我希望，我讲的每一句话，你们都能听见……"

人群朝坊主奶奶的身边聚拢。

他们头顶上有两只鹰盘旋了两圈，飞走了。梦草坊的河边突然聚集的人群惊扰了它们。

"今天突然召集大家，是因为我们梦草坊出了意外的事！什么事？我们的小黑丢了，失踪了！其实，昨天你们去梦草坊葡萄园的时候，小黑就丢了。我们梦草坊的服务生们已经找了整整一个晚上，没有找到……现在，我要动员你们一起找……"

人群里有人问："我们还不知道，小黑是谁？我们见过没有？"

听见问话，坊主奶奶脸上有了为难的表情。沉吟了一会儿，坊主奶奶说："你们没见过小黑……另外，它非常不好找……"

"为什么不好找啊？"

"因为，因为，它是一只蜘蛛……"

"蜘蛛？"

"让我们去找一只蜘蛛？"

"小黑是一只蜘蛛？"

"这么大的梦草坊，我们去哪里找一只蜘蛛？找一只兔子都很难，怎么能找到一只蜘蛛啊？"

"如果它待在一间草棚里，我们能找到；如它趴在一根柳枝上，我们能找到！我们可以翻遍草棚上的每一根草，用手摸遍每一根柳枝，但是，但是……"

坊主奶奶在大家对是否能找到一只蜘蛛提出质疑时，低垂着头。这些质疑声把她压得抬不起头来。

这时，大耳朵服务生举起植物喇叭，让大家安静下来："静一静，让坊主奶奶把话讲完！"大家渐渐安静下来。

"我想告诉大家，一定要找到它！小黑，对我们梦草坊，对你们，对像你们这样大的孩子来说，非常重要。因为，它关系到那些还没来过梦草坊的孩子，那些需要到这里来的孩子！你们来到梦草坊，都是因为有一张特殊的草叶车票，才能乘坐独一无二的绿皮火车。只有天地蛛签过名的车票才有效。你们都知道，天地蛛，已经离开了我们，去了另一个世界。但是，你们不知道，小黑，是天地蛛的弟弟！"坊主奶奶说到这里，一下子哽咽了。

"是天地蛛的弟弟？"

"是这样？"

陶然突然问道："为什么说它丢了？它自己是不是去了一个地方玩得很高兴忘记回家了？它有它自己的生活！它并没有失踪！"

坊主奶奶看了一眼陶然，点了一下头，在她点头的时候,眼泪也掉了下来:"小黑一直跟哥哥生活在一起。它知道哥哥在梦草坊服务生的训练下,在做一件特殊的事情,那就是在草叶上签名。小黑一直在等着哥哥天地蛛归来!但是,这一次,天地蛛没能回来,它的哥哥没有回来……"

梦草坊的河边,鸦雀无声。

"……小黑知道哥哥天地蛛回不来了,它不吃不喝,一直在昏睡。负责训练它的服务生守护着它,等它醒过来。结果,这位服务生几乎一天一夜没合眼,太累了,没撑住,打了一个瞌睡。等他醒来时,小黑已经不见了……"

这时,一个站在坊主奶奶身边,低头不语、蓬头垢面的光头服务生朝前走了一步。他还是低垂着头,不敢让大家看见他的脸:"我就是那个丢了小黑的训练员。对不起大家,要麻烦你们了!我想告诉你们,小黑是伤心了,才不想见到我的。我请求大家,一定要帮我找到小黑!"他抬起脸恳求大家时,大家看到他的两只眼睛都肿了。

所有人都同意帮忙寻找蜘蛛小黑。

来到梦草坊的人被编成十八个小组,一个小组十个人,在一名光头服务生的带领下,在梦草坊做地毯式搜寻。先从小黑常住的地方,河边的一处柳丛开始,向四周蔓延寻找。每个人都要蹲在地上,一寸一寸地找。

蜘蛛小黑可能藏身在一片宽大的草叶后面,也可能藏在贴着地皮生长的野菜心里,也可能挂在它自己吐出的丝线上……

一个男孩像蛇一样在草地上爬,一点一点朝前挪。他太认真了,引来很多人的注意。坊主奶奶看见趴在地上的男孩,对别人说:"多好的孩子!"她蹲到这个男孩身边,跟他说:"孩子,别爬着找了,太累!"

男孩抬头说:"我眼睛有点近视,蹲着看不清!怕漏掉了!我这样找,有点慢,但不会漏掉小黑!而且这样动作轻,不会惊扰小黑。它要是在睡觉,还没来得及发现我,我就发现它了,它就来不及躲藏起来了。"

坊主奶奶用手在他头顶上拍了拍:"少见的好孩子!"

还有一个男孩,四肢细长,大家背后叫他蚂蚱。他蹲在地上找一会儿,就直起腰喊累,还满嘴的牢骚:"这样找,能找到一只小蜘蛛吗?要是在草地里跑着一只羊、一只兔子、一只松鼠,还能看见,一只小蜘蛛啊,怎么找啊?"

大耳朵服务生听见蚂蚱的满嘴牢骚，走过去，从上到下打量了一下他细长的四肢："我记得你，在去葡萄园的路上，你拍着肚皮说能吃下几斤葡萄。是你吧？看见吃的，你本领超群；让你付出，你觉得委屈。你看看河边和草地上，大家都蹲着寻找小黑，还有一个爬着找小黑的，只有你一个人站着发牢骚，你不脸红吗？"

蚂蚱看看四周，压低声音说："你能小点声批评我吗？你想让大家都听见吗？"

大耳朵服务生说："你还有自尊心，可救！蹲下身体，这不是打篮球，还暂时用不到你的长腿！"

蚂蚱真的脸红了，匆匆蹲下身体。

大耳朵服务生指着地上的草说："你别看我，看地上，别踩着小黑！"

没有人愿意去河边的柳丛杂草中寻找蜘蛛小黑。梦见刃一个人在柳丛中拱来拱去，等他拱出来，大家看到他的光头上、脸上和裸露的胳膊上被杂草和柳枝"亲吻"得伤痕累累。陶然除了在草地上找小黑，目光一直跟踪着梦见刃，那么多找小黑的人都选择了草地，避开了河边的柳丛和杂草，只有他一个人在那里找小黑。

大家在休息喝水的时候，陶然对梦见刃说："你真的把自己当成一把刀了，可以割草砍柳枝？你在柳丛里钻来钻去时，你就是一块肉，被杂草和柳枝割来割去！"

梦见刃笑着说："谢谢你的关心！"

陶然把脸扭到一边："谁关心你了？"

梦见刃望着河边的柳丛说："我想，小黑肯定没藏在柳丛里。"

"为什么？"

"小黑很聪明，柳丛里最难找，它知道我会在那里找它。所以，他不会藏身在那里！"

陶然歪着头问："你说小黑知道你会跑到难找的地方找它？小黑认识你，还是你们早就认识了？"

梦见刃说："我只是顺嘴说了一句！我怎么会跟小黑认识？"

陶然说："你不像是顺嘴说的！"

"真的是顺嘴一说！"

陶然歪着的头没有正过来,审视着梦见刃。

梦见刃也把头歪着:"你不会又要问我'你是谁'吧?"

陶然果然问道:"你到底是谁?"

梦见刃说:"其实,我早就认识你!"

陶然掩藏不住自己的吃惊:"你早就认识我?什么时候?"

"很早!"

"很早是什么时候?"

"那时,你上小学一年级或者二年级,我经过你家的楼下,看见你家的阳台上有一个小男孩头发被你梳成了两个犄角。我发现他在伤心地哭泣。你对那个男孩的哭,一点都不在乎。那个男孩,是你的表弟吗?"

陶然再一次问梦见刃:"你到底是谁?"

梦见刃故意躲开陶然的问话:"我要去草地上找小黑了!"

坊主奶奶用一片植物叶子遮住阳光,坐在河边,眺望草地。寻找蜘蛛小黑的孩子就像一只只觅食的小动物。

她问身边的一个光头服务生:"你说,能找到小黑吗?"

"能!"

"为什么说能?"

"一开始,我觉得梦草坊这么大,找到小黑太难了,但是,我看见那个在草地上爬行寻找小黑的男孩后,就觉得能!"

"来到梦草坊的男孩女孩,都有了名字,只剩下几个男孩没有名字,那个在草地上爬行的男孩,就没有名字!"

"他好像近视!"

"所以,他在草地上爬行才能发现小黑!"

坊主奶奶和光头服务生都不说话了,他们的眼睛都望着草地,盯着那个在草地上爬行的男孩!

坊主奶奶突然说:"就叫他'八十七'!"

"'八十七'?为什么叫这个名字?"

"在天地蛛的签名册上,他是第八十七个!在他所住的那个地方,他是最后一个得到机会来到梦草坊的人!"

"'八十七',这个名字也不错!"

到了吃饭的时候了,大家陆续回到住处吃午饭。草地上只剩下一个人影,还像一只蜗牛一样地移动。

大耳朵服务生举着植物喇叭,朝着那个还爬行在草地上的人影喊道:"'八十七'!'八十七'!在那里爬行的'八十七',回来吃饭了!"

那个男孩没听见一样,仍旧在草地上爬,像真的变成了一只爬行的蜗牛。

站在坊主奶奶身边的光头服务生说:"他是不是傻啊?"

坊主奶奶说:"我喜欢这个傻孩子!"

"他不饿啊?"

坊主奶奶说:"叫人给'八十七'送吃的去,这孩子,我断定,在天黑之前,他如果找不到小黑就不会回来。"

太阳快落下去了,天色暗下来。坊主奶奶问肿着眼睛的服务生:"还没有小黑的消息?"

有点绝望的服务生又去揉眼睛,被坊主奶奶制止了:"别再哭了,再哭,你的眼睛就肿得睁不开了!"

有意思的是,被河边的杂草和柳丛扎得伤痕累累的梦见刃没找到小黑,像蜗牛一样爬行在草地里的"八十七"却找到了。

"八十七"不会想到的是,蜘蛛小黑就在离"八十七"不远的地方,它看见了这个男孩的认真和执着。它不想再躲下去了,主动爬到他的面前。但是,"八十七"近视,天色又暗,所以他根本就没发现它。最后,是聪慧过人的蜘蛛小黑主动爬到了"八十七"的手背上,才让他看见了它。这是一段发生在梦草坊的关于寻找和被寻找的传奇。

"八十七"找到失踪小黑的消息让大家认清了一个事实:在这个世界上,就没有通过努力做不到的事情。

小黑的训练员看见"八十七"捧着它,"八十七"小声问道:"它爬到了我的手背上,你看看,它是不是小黑?"肿眼的训练员看了一眼"八十七"手心里的蜘蛛,又忍不住大哭起来,他抱住"八十七",眼睛更肿了。

坊主奶奶让光头服务生们在河边点起篝火,让"八十七"站在中间。他的脸就在篝火的照耀下,被大家欣赏。

当陶然认真地注视"八十七"被篝火照亮的脸时,她愣住了。

"八十七"竟然是表弟晓伟!

梦草坊的极地

陶然慢慢走近"八十七",和他面对面站着。篝火堆中又被人扔进了一根粗大的木头,溅起一串火花,两个人的面孔在火花中变幻跳跃,让人觉得自己面前的东西会稍纵即逝。

陶然一生都忘不掉这个梦草坊之夜,更无法忘记表弟晓伟,不,是"八十七"跟她的对话:

"你认出我了?"陶然习惯居高临下地跟晓伟说话。她觉得晓伟也来到梦草坊,应该见到她了。既然见到她,就该先跟她打招呼。

"认识……"晓伟胆怯地望着陶然,眼神躲闪。

"为什么不主动跟我说话?"

"……"晓伟的眼睛像是被烫伤了,不再看陶然。

"我是谁?别不说话!"

"你是凉花……"

"你再说一遍!"

"你叫凉花!"

"我叫陶然!"

"你叫凉花!"

"你大了,不听话了?"

"我一直很听话!"

"再问你一遍,我叫什么?"

"凉花!"

陶然再次被噎。她顿了一会儿,觉得不能认输,尤其在表弟晓伟面前,她认输会让自己不适应:"你是大英雄了?连我的真名都假装不知道了?"

"我不是英雄!只是找到了蜘蛛小黑而已!"

"你还没忘了谦虚!你谦虚得只认识凉花,不认识陶然吗?"

篝火旺了,人们的脸都被照亮了。火光看久了,会给人胆量。"八十七"抬起头来,望着陶然的眼神也大胆起来:"你就叫凉花,凉花这个名字跟你很般配!"

"我不接受凉花这个名字!"

"这是大家给你起的名字!"

"我只承认户口本上的名字!"

"大家想叫你什么,你就叫什么!大家从心里想叫的名字,才是你的名字!"

…………

坊主奶奶捧着小黑走到"八十七"面前:"小黑要回去休息了,它可受不了这么多人,这么吵闹,这么亮的篝火。它喜欢安静,喜欢月光。我想,它在休息前,会希望能跟你告别。"

陶然问:"怎么能知道它希望跟他告别?"

坊主奶奶说:"它会在它喜欢的人的手上吐出一道丝。"

陶然不信,很多人都围拢过来。坊主奶奶把手掌平平地摊开,让"八十七"也把手掌摊开,蜘蛛小黑从坊主奶奶手掌上爬到了"八十七"的手心里，并在他的手心里转了一圈，又回到坊主奶奶的手掌上。

"八十七"目不转睛盯着自己的手掌："你们看，你们看……"他的嘴唇哆嗦起来，说不清后面的话。很多脑袋凑近"八十七"的手掌，凡是看清了"八十七"手心的人，都"哇哇"叫起来，他们果然看见"八十七"的手心里，有一道小黑吐出的透明的丝。周围响起一片感叹声。

"八十七"展开那只手，接受大家的欣赏。他问坊主奶奶："小黑真的会在草叶上签名了吗？"

"应该会了！"

"它签过名，就会有更多的人来到梦草坊了吗？"

"当然！"

"八十七"笑了，他依然不敢弯曲手掌，怕手心里的蜘蛛丝消失掉。陶然第一次见到他的笑容，这让陶然的内心突然紧了一下。

因为，一个从小就认识的被她"损坏"过的表弟，变成了一个陌生人，这种感觉很差。很差的感觉，竟然来自她从没见过的表弟的笑容。

让陶然心情更差的,是她还来不及想到的事情。

在梦草坊的篝火之夜,在大家庆祝蜘蛛小黑回家的时候,陶然没见到梦见刃。她决定找找他,但是,她找到了几乎每一个光头服务生,但他们都不是梦见刃。

她问了好几个人见没见到梦见刃,他们都说没有看见。她又问大耳朵服务生:"在梦草坊的人,都来了吗?"

大耳朵服务生说:"当然都在这里了!服务生们把每一座草棚都查遍了,都通知到了。这个时候,谁还会一个人待在草棚里?这是梦草坊的篝火之夜啊!"

她慌了,她也是第一次为寻找一个人,心慌了。

又有人朝篝火堆里加了柴,溅起爆响的火花。陶然看见坐在篝火边上的坊主奶奶累了,在打瞌睡。陶然想,坊主奶奶应该知道梦见刃去哪里了。陶然坐到坊主奶奶旁边,等着坊主奶奶醒过来。她只等了几分钟,却像是等了很久,她忍不住伸手去摇坊主奶奶。大耳朵服务生拦住了陶然:"别叫醒奶奶,她岁数大了,要打一会儿瞌睡!让她自然醒……"她收回了手,静静地坐在坊主奶奶身边。有人在篝火边唱起歌来,好像是叫《星空》。唱词里反复出现"星空"两字,还有几句让陶然听得很清楚:"……这是我第一次伸出手抓住了天空,让认识我的星星穿透了我心胸……"她不会唱,也可以说,没听过这首歌。可是,为什么围在篝火边的这些陌生人都会唱?

"……星星在高寒的夜空沐浴冷风,它们相互依傍着摩擦出热量……星星却在夜空中不歇地歌唱,是永恒的温暖让它们不再离去……"

篝火边响起的歌,被围在篝火边的人唱了一遍又一遍,让陶然的眼睛蒙眬起来。坊主奶奶醒过来时,发现身边的陶然泪光闪闪,就说:"孩子,你在找什么人吗?"

"为什么我想什么,你都知道?"

"也许是因为我看懂了这些孩子,知道了他们的过去是怎样的,也知道他们的明天会怎样,才有了今天的梦草坊!"

"我想问奶奶,梦见刀去哪里了?我有一种预感……"

"怎么?你有预感了?我很高兴,你学会了留意一个人,主动寻找一个人了,跟以前的你已经不一样了!想想生活在你周围的人,有多少人心里只有自己?凉花,你是心里只有自己的人吗?"

坊主奶奶的话就像篝火堆里红红的炭,还要持续地燃烧。盯久了,视线都会被融化掉。

陶然心里想,自己是心里只有自己的人吧!

"来,搀我一下!"坊主奶奶想站起来,把一只手伸给了陶然:"我来告诉你,那个人去了哪里……"陶然一听,从地上猛地站起来,去扶坊主奶奶,因用力过猛,让坊主奶奶的身体踉跄了一下,等她站稳后,她朝陶然笑了一下:"你有点激动啊!"

陶然不敢看坊主奶奶,把脸背过去,不让篝火照到自己脸上。大耳朵服务生问:"奶奶要去哪里?我跟你去吧!"

坊主奶奶说:"不用!我跟凉花去河边走走!"

陶然搀着坊主奶奶去了梦草坊河边。坊主奶奶说:"我还是累了,要坐下了,老了……"说着,她慢慢坐下了。背后不远处的篝火,忽明忽暗,让眼前的流水做着无声的变脸。这让陶然感到神秘。

"你朝远处看,能看见什么?"坊主奶奶问。

陶然顺着坊主奶奶指的方向看去，篝火的光，照射能力有限，它再拼命向前伸直脖子，也照不到远处的东西，只能由着它们消失在黑夜里。

"近处的河、近处的草地能看见，再远，什么都看不见了！"

"再朝远看！"

"再看，就是黑夜里的天边了！"

"你怎么知道你看见的地方，是天边？"

"我看见了天边的星星！"

"对，来到梦草坊的人，才能看见天边的星星。你过去，看见过天边的星星吗？"

"没有……"

"一个城里的孩子，很难看见天边的星星！有时候，他们连头顶上的星星都看不见。天空中的星星和天边的星星是有区别的。"

"奶奶，你想跟我说什么？"

"我想告诉你，梦草坊很大！梦草坊极地，你还没听说过吧？"

陶然摇头:"梦草坊极地?这是我第一次听到……"

坊主奶奶又向幽暗的夜空指了一下:"梦草坊极地,就在你看见的天边。那里还没有像你这么大的孩子去过,那是一个更大的天地!天地,你知道吗?是用你的心才能感受到的地方。它可不仅仅是从一本书上读到的天地……"

"奶奶!……"

"梦见刃,去了梦草坊极地!"

陶然一下子从地上跳起来:"奶奶你说什么?梦见刃一个人去了梦草坊极地?!"

"你别吃惊!梦见刃是一个有探险精神、生存能力很强、内心强大的男孩。他要求独自去梦草坊极地,寻找一条路,在不久的将来,让更多的孩子看见一个从没见过的世界!"

陶然呆呆地望着天边,看见最远的天边,有一颗若隐若现的星星,她一眨眼,那颗星就消失了。

梦见刃就是那颗星吧?

"奶奶,我想问你,梦见刃是你的什么人?"

"我的孙子啊!"

"亲孙子吗?"

"来梦草坊的孩子,都是我的亲孙子、亲孙女。"

"我还想问……"

"问什么?"

"梦见刃,还有别的名字吗?"

"这重要吗?"

"对我很重要!"

"有!"

"他叫什么?"陶然脑子里一直蹦跳着一个人,秦子悦。

坊主奶奶说:"他有过很多名字,人们愿意叫他什么,他就有什么名字。准确地说,他的名字,是所有孩子的梦想!"

"他……什么时候能回来?"

"在他觉得应该回来的时候!"

时间已近深夜,陶然突然觉得天空中的星光亮了。像是太阳起早了,要让玩了一夜的星星们继续赶路。

陶然问坊主奶奶:"我,是该回家了吗?"

坊主奶奶用手摸着陶然的脸,用一根手指,擦去她滴落的泪:"是的!"

"我会想念这个叫梦草坊的地方……"

"我也留恋这个地方。但是,我太老了,老到自己是什么年龄都不知道了。等将来再有人来的时候,坊主就不是我了,可能,就是从梦草坊极地回来的他了!"

"梦见刃?"

"他是一个让人无法忘记的人!"

…………

从梦草坊开出的绿皮火车,是正点出发的。

世界上的陌生人

陶然敲响家门的时候,以为爸爸和妈妈会变成两只会吃肉的暴怒动物。

是爸爸开的门,见到陶然,他只是淡淡地问了一声:"玩得开心吗?"

陶然没想到。

妈妈站在爸爸身后也淡淡地说了一句:"玩累了吧?去洗个澡!你的换洗衣服都在卫生间里了。"

陶然问:"我走了多久?"在她的印象中,她走了很长时间,经历了很多事情。

"三天。"爸爸说。

"三天？"

"对啊，三天！"

"只有三天啊？"陶然不能相信。

"你还想离开三年吗？"妈妈站在卫生间的门口说，"我给你在浴缸里放热水了，快准备洗澡吧！"

陶然问爸爸："我走了三天，你们也不问我去了哪里？"

"你已经是初中生了，跟同学去郊游，我们为什么要问你去哪里？当爸爸和妈妈的，也太多事了吧？"

"我去郊游？"

"你没去郊游，还能去哪里？"

"我记得我没跟你们说我要去郊游啊？"

"你玩疯了？该收收心了！你怎么会没说？你让你的同学打了电话给我，他说你们要去郊游。"

"同学？谁啊？男同学还是女同学？叫什么名字？"陶然想问是不是秦子悦。

爸爸说："我忘了他叫什么名字，是男同学。"

是秦子悦。陶然想。

陶然把自己泡在热水里，她脑子里的疑问，就像弥漫在卫生间里的白色热气，拥挤在不大的空间里，让她理不清头绪。

第二天去学校，陶然在远离校门口的地方站了很久，不知道自己再见到同学们时会发生什么。她犹豫，是因为她有了特别的经历，心里藏着很多故事。

她听见身后不远的地方传来熟悉的笑声，回头看，是董晴和马婉婉说笑着朝校门口走来。陶然没跟她们打招呼，但是，她的脸上却挂着笑容。

董晴看见了陶然脸上的笑容和晒黑的皮肤。她拽着马婉婉朝陶然跑过来，惊奇地问她："听说你去郊游了，没戴帽子吗？没在脸上涂点防晒霜吗？"

"你们也知道我去郊游了？"

"是夏老师说的！"马婉婉解释道。

"夏老师说的？那夏老师又是听谁说的？"

"肯定是听别的同学说的！"

"别的同学？'别的同学'是谁？"

"那就不知道了！陶然，你问这个做什么？去郊游就是去郊游,问谁知道做什么?"董晴接着转移了话题,"去哪里了?好玩吗?"

陶然觉得自己跟董晴、马婉婉之间什么不愉快的事情都不曾发生。就是因为自己主动给她们送去了一个礼物——笑容吗?

"这三天,学校发生什么事了吗?"陶然心里想着一件事,所以,她试探地问董晴和马婉婉。

董晴说:"你出门三天,除了周六和周日,你只请了一天的假,也就是只有周一没来,能有什么事?"

"我周一请了假?谁给我请假了?"

"夏老师说你妈妈给你请了假,说郊游需要三天的时间。"

难道是秦子悦在电话中跟妈妈说过梦草坊之行需要三天时间吗?这一切,都被秦子悦安排得天衣无缝。

三个人朝教室走去时,马婉婉突然说道:"还真的有一件事!"

陶然猛地站住了,盯着马婉婉:"什么事情?"

"秦子悦转学了!"

"你说什么？！"陶然一直想着一件事，想证明一件事。但当这件事情突然发生了时，她还是受到了震动。

"他转学了！"董晴说。

"他……为什么转学？有原因吗？"

董晴说："陶然，一个男生转学了，有什么大不了的？听说他是要去另一个地方……"

还不等陶然猜测，马婉婉就说："是另一座城市吧！"

陶然想到了一个问题，关于时间的问题："他什么时候走的？"

董晴说："上个周五就走了！"

"上个周五？"陶然脑子里想到了上个周五，她在公园碰见的梦见刃，梦见刃在关键时刻骑着古董自行车突然出现，他和她在车站一直没有等到秦子悦……当时，有梦见刃在身边，秦子悦怎么可能出现？

陶然站住了，开始发呆。

董晴拍了一下陶然的肩膀："怎么了，被太阳晒傻了？"

陶然突然断定，秦子悦和梦见刃是同一个人。

有了这个结论，陶然从心里笑起来。在教室里，夏老师看见她,说道:"陶然,玩这么狠,晒这么黑!"

陶然笑得很开心。

这一节课,陶然连头都不低一下,一直抬着头,笑着面对着夏老师。下课时,夏老师还对陶然说:"陶然,我发现,一个城市女孩,把脸晒黑了,很漂亮!"

"是吗?"

"真的,很漂亮!"

陶然突然想起秦子悦跟她说过的话,去梦草坊,是做大手术,是换心。她换心了,夏老师从她脸上都能看出来?

这时,男生胡笳有事找夏老师,两人去了走廊谈话。陶然回头看了一眼夏老师放在讲台上的教案,她从口袋里掏出一枚草叶,夹在夏老师的教案本里,刚要转身离开,发现草叶像调皮的孩子,露出头来,她又打开教案本,把草叶完全塞进去。

她希望夏老师能发现它不是一般的草叶。但是,她不会告诉夏老师,那是梦草坊的草叶。等这枚草叶可以成为一张去往梦草坊的车票时,夏老师也要像她那样,经历些什么才好。梦草坊会改变她不顺的生活现状。

那天晚上，陶然听见妈妈在阳台上跟人通电话："这么久了，大家该聚一下了。还是我做东。不过，不能在家里聚了，我家陶然上初中，学习紧张，别烦她，你们也知道，孩子脾气酸，也别让她烦我们。我还是订一家饭店吧！我知道大家都想吃我做的菜，以后吧，以后吧！……"

陶然走到妈妈身后，说："你们可以在家里聚啊！"

妈妈回头看了一眼陶然，用手捂住电话："你说什么？"陶然说："跟叔叔阿姨们说，可以来家里啊。他们愿意吃妈妈做的菜，再说，在家里聚会气氛好！"

妈妈听了，突然对着电话提高了嗓门儿："好了好了，就来我家吧！"

放下电话，妈妈对陶然说："孩子，你变了啊！"

"变什么？"

妈妈笑着说："你就是变了！等再过一阵子，让你大姨和晓东也来家里玩？"

陶然说："好啊，我想见见晓伟！"

"真的假的？你让我都不相信自己的耳朵了！"

"妈，别那么夸张好吗？"

大人们在家里的聚会还没举行，大姨和晓伟就先来了。陶然妈妈在跟陶然谈话之后的当天夜里，就给大姨打了电话，发出了邀请。

陶然看见晓伟，忍不住喊了一句："八十七！"

晓伟说："凉花！"

"八十七？凉花？"大姨不解地问陶然，"你们在对暗号吗？"

妈妈也问陶然："你叫他什么？八十七？他叫你凉花？"

晓伟只是微笑着看着陶然。

"晓伟，你的黄猫还好吗？"

"好，它还好。"晓伟对陶然还能想到他的黄猫感到意外，有点感动。

陶然在晓伟的脖子上，看见了一根几乎看不见的细细的丝线，牵着一个挂坠，隐身在他的绿色衬衣里。

陶然激动得颤抖起来："你能让我看看吗？"她指着晓伟的胸口处。晓伟笑着把一个草编的挂坠掏出来，那挂坠跟秦子悦身上的草编挂坠一模一样,是一个精美小巧的草编小笼。

"里面,是小黑吗?"

晓伟还是微笑,只是不易察觉地点了一下头。一个最最默契的交流。

陶然的眼睛顿时又朦胧起来。

大姨问:"你们在说什么?"

妈妈问:"你们在看什么?"

晓伟把草编的小笼塞进衬衣里,不慌不忙地说:"一个普通的挂坠!"

陶然知道,那可不是普通的挂坠。晓伟,也不是过去那个普通的表弟了。在今后的日子里,他会做出不寻常的事情,做一些连秦子悦都做不出的大事。生活,一切都是不可知的。

对晒黑了的陶然来说,从上幼儿园开始,身边的每一个人,同学、老师、父母……都曾经是陌生人。他们没能在陶然心里的只属于她一个人的公园里停留,享受晨光和夕阳。那丛丁香树旁的秋千，晃动的踏板上，永远都是空荡荡的，没有人走近，像一幅无人的没有生气的没有价值的平庸的画。

现在好了，陶然分明看见，在那幅平淡静止的画中，突然喧闹地冲进一群人。她心里的那幅无边的巨画摇动起来，像是风把有生命的一切都卷入进来。他们是熟悉的，每天都在等待陶然的"陌生人"。

所以，陶然很大声地笑起来。她从没独自一人这样笑过，她的笑声也被裹入那幅画中。她被自己看到的画感动。她的目光最后定格了，定格在一片非同寻常的草叶上，它从空中摇摇荡荡，缓缓而下，带着神秘陌生的故事降临大地。这种陌生的充满激情的想象，让陶然很兴奋很舒畅。

陶然在家人和外人看来，已经是熟悉的陌生人了。但是，陶然看见了陌生的又一个陶然。那是她自己。

图书在版编目（CIP）数据

开往梦草坊的列车 / 常新港著. —青岛：青岛出版社，2022.4
ISBN 978-7-5552-7780-4

Ⅰ.①开… Ⅱ.①常… Ⅲ.①长篇小说 – 中国 – 当代
Ⅳ.①I247.5

中国版本图书馆CIP数据核字(2021)第238957号

KAIWANG MENGCAOFANG DE LIECHE（CHANG XINGANG XIAOSHUOGUAN）

书　　名	开往梦草坊的列车（常新港小说馆）
著　　者	常新港
出版发行	青岛出版社
社　　址	青岛市崂山区海尔路182号（266061）
本社网址	http://www.qdpub.com
邮购电话	0532-68068091
选题策划	梁　唯
责任编辑	常笑予
绘　　图	小小EE　叶　茵
装帧设计	咸青华　桃　子
照　　排	青岛乐喜力科技发展有限公司
印　　刷	青岛乐喜力科技发展有限公司
出版日期	2022年4月第1版　2022年4月第1次印刷
开　　本	32开（890mm×1240mm）
印　　张	7.75
字　　数	130千
书　　号	ISBN 978-7-5552-7780-4
定　　价	32.00元

编校印装质量、盗版监督服务电话：4006532017　0532-68068050
建议陈列类别：儿童文学